I0562217

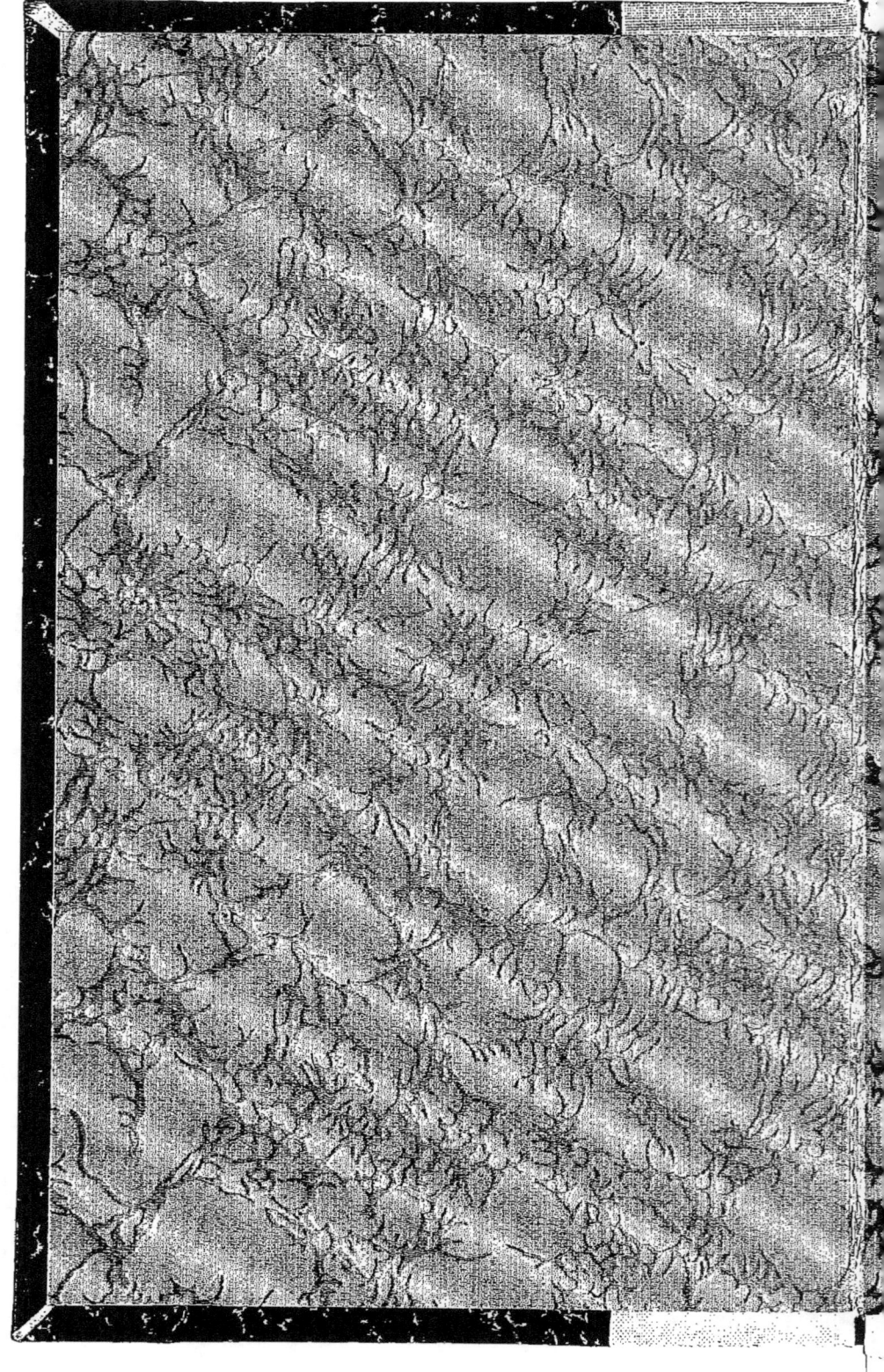

E. MARTINREL.

BIBLIOTHÈQUE
DES ÉCOLES ET DES FAMILLES

Mᵐᵉ GUSTAVE DEMOULIN

LES JOUETS D'ENFANTS

PARIS
LIBRAIRIE HACHETTE ET Cⁱᵉ
79, BOULEVARD SAINT-GERMAIN, 79

LES

JOUETS D'ENFANTS

Imprimeries réunies, B, rue Mignon, 2.

BIBLIOTHÈQUE

DES ÉCOLES ET DES FAMILLES

LES

JOUETS D'ENFANTS

PAR

Mme GUSTAVE DEMOULIN

TROISIÈME ÉDITION

PARIS

LIBRAIRIE HACHETTE et Cie

79, BOULEVARD SAINT-GERMAIN, 79

1889

LES

JOUETS D'ENFANTS

CHAPITRE PREMIER

QUI NOUS SOMMES

Dans une rue étroite du quartier du Temple, un vieil hôtel du. xvııᵉ siècle s'élève au fond d'une cour fermée sur le devant par un bâtiment moderne.

L'habitation seigneuriale a gardé de son ancienne splendeur un perron de pierre à larges degrés, des balcons en fer forgé, de hautes fenêtres à fronton dont les volets conservent des traces de dorure, des escaliers où l'on peut passer dix de front, de vastes salles lambrissées d'épaisses boiseries sculptées.

A l'extérieur, tout est d'un grandiose lugubre comme une chose morte ou déchue; à l'intérieur, tout est vivant, animé par le travail, car le rez-de-chaussée est occupé par des ateliers, et quels singuliers ateliers !

En entrant par la porte du milieu à laquelle accède le perron, et en tournant à droite, on rencontre des établis munis de leurs *varlopes*, de leurs *varlets*, de leurs *bouvets*, de leurs *étaux de bois*, de leurs *ciseaux*, de leurs *gouges*, de leurs *scies*, de leurs *vilebrequins*. Ces établis, dont les pieds sont baignés dans les copeaux, indiquent assez qu'ils servent au travail de la menuiserie et de l'ébénisterie.

Plus loin se trouve un atelier de serrurerie avec *forges, limes, marteaux, établis* contre là muraille, accostés d'*étaux de fer* et surmontés de râteliers garnis de *limes*, de *ciseaux*, de *crochets*, de *tenailles*.

Entre ces deux ateliers, dont les limites ne sauraient être précisées, est installé un *tour à pédale*, qui se prête, suivant les nécessités du moment, au travail du bois ou du fer.

De l'autre côté de la porte d'entrée, en tournant à gauche, le contraste est frappant. On marche dans les déchiquetures de carton, les rognures de papier doré, argenté, de toutes couleurs, dans la paille de fer, et les copeaux de fer-blanc. Des *machines à découper, à percer*, des *balanciers à estamper*, de petites *presses à vis*, se trouvent à côté de *bobines* qui dévident de la ficelle et des fils de tous genres et de toutes grosseurs.

Si l'on monte au premier étage par le vaste escalier de pierre aux marches ébréchées, on arrive sur un palier qui sépare deux pièces fermées de lourdes portes moulurées montrant par-ci par-là des traces de peinture et de dorure.

La pièce située au-dessus des ateliers de menuiserie et de serrurerie est un ancien boudoir Pompadour dans les panneaux duquel des amours enguirlandés retiennent des miroirs que les araignées ont voilés.

Sur des tables de différentes hauteurs sont éparpillées les étoffes, ou plutôt les chiffons les plus variés et les plus disparates : la soie, le velours, le satin, le paillon, la gaze, le tulle, gisent pêle-mêle avec la laine et le coton. Ici des soutaches de toutes nuances sont emmêlées de façon à défier la patience de Pénélope. Là des galons d'or et d'argent — quànd on prend du galon on n'en saurait trop prendre — sont enchevêtrés avec des passementeries riches ou communes. Plus loin, des feuilles d'ouate et des amas d'étoupes s'élèvent au milieu des épingles, des pelotes de fil, des pinceaux et des pots de colle. Enfin c'est un fouillis splendide et indescriptible d'oripeaux, de clinquant et de loques.

A quelle industrie bizarre peut-on se livrer là dedans?

En vous introduisant dans ces ateliers un jour de chômage,

TOUR A PÉDALE.

je ne vous ai guère mis à même de deviner quelle profession s'y exerce.

Pour pénétrer ce mystère, vous n'auriez qu'à ouvrir la porte du grand salon qu'on appelle le *magasin* et où sont réunis, entassés, tous les produits de cette étrange industrie. Vous y verriez un amoncellement de tous les JOUETS capables de satisfaire les fantaisies capricieuses du monde enfantin.

C'est en effet dans cet établissement, à l'aspect si rébarbatif, que sont confectionnés, avec autant d'habileté que d'économie, les modèles de ces JOUETS de tous genres que vous voyez aux étalages des plus riches magasins aussi bien que dans les bazars et les foires.

Il y a là un spécimen de tous les JOUETS anciens et nouveaux, en vogue ou démodés, car la mode exerce partout sa tyrannie. Cet amas d'échantillons forme, avec son caractère spécial, un véritable musée d'objets curieux, instructifs et amusants. Voilà le local.

Mais, ce qu'il faut connaître, c'est l'âme du logis, c'est le maître de l'établissement ; et c'est au milieu de ses ateliers qu'il faut faire sa connaissance. Aussi est-ce dans ce cadre que je place son portrait.

Le père Juvatte, comme l'appellent les gens du quartier, est un original dans la bonne acception du mot. Il a soixante ans, ne cherche pas à les dissimuler et il porte bien son âge. Je suis fâché d'avoir à dire qu'il est chauve, mais, en revanche, sa belle barbe blanche, que le rasoir et même les ciseaux ont respectée, est si longue et si touffue qu'elle paraît s'être enrichie de tous les cheveux disparus. Ses yeux bruns, brillants, bien ouverts, dardent, de dessous l'ombrage d'épais sourcils grisonnants, des regards chauds et bienveillants. Entre ces yeux qui illuminent le visage se projette un nez un peu trop long, un peu trop crochu peut-être, mais en somme d'un assez bon modelé.

Le père Juvatte porte sans cesse de grosses lunettes qu'il fait passer alternativement de son nez à son front et de son front à son nez, avec une agréable et plaisante grimace, suivant qu'il veut regarder de près ou de loin. De plus il est petit, trapu, alerte, il a la démarche ferme et le geste rapide. On ne peut pas dire qu'il soit beau, mais il est impossible de le trouver laid ; son visage intelligent est empreint de tant de finesse mêlée à tant de bonhomie qu'il attire l'attention et retient la sympathie. Dès qu'il ouvre la bouche, on est sous le charme de sa parole chaude et vibrante, de sa causerie captivante et animée.

Avant d'être fabricant, que dis-je ? ingénieur en JOUETS, Juvatte était un des plus habiles ouvriers dans la marqueterie et la bimbeloterie, cherchant toujours la perfection possible dans tout ce qu'il faisait ; bref, c'était un de ces artisans ingénieux dont on dit : Il aime son métier.

A une certaine époque, le travail manquant dans sa profession, il se mit, un peu par désœuvrement, à fabriquer des JOUETS qu'il inventait. Il réussit à merveille et se fit une réputation. Il avait trouvé sa voie.

Juvatte n'avait jamais été marié et il n'en aimait pas moins les enfants ; il aimait leurs jeux, leur gaîté, qu'il partageait à l'occasion. Cet amour des enfants n'avait pas peu contribué à développer sa vocation.

Juvatte était devenu patron non pour gagner plus d'argent, mais pour conquérir l'indépendance et n'obéir qu'à sa propre inspiration.

Aujourd'hui, il est le *premier de sa partie*, suivant l'expression qu'il aime à répéter. S'il est absolument inconnu du public, c'est qu'il l'a bien voulu. Il n'en jouit pas moins dans son coin et dans son incognito d'une petite gloire, d'une gloriole intime, qu'il célèbre à lui tout seul, ce qui ne veut pas dire qu'il s'en fait trop accroire. Il n'est nullement jaloux du mérite des autres ; il ne prône pas seulement ses produits, il fait valoir ceux de ses confrères : il est aussi bien metteur en œuvre qu'inventeur.

En réunissant tous les genres dans sa collection, dans son *Musée de jouets* comme il l'appelle, Juvatte a cependant des préférences. Il a des principes, ce brave Juvatte ; il prétend que les JOUETS doivent avant tout être amusants ; mais qu'ils peuvent être des instruments d'éducation : les uns pour développer la force, l'adresse ou la grâce ; les autres pour éveiller l'observation, l'intelligence, l'esprit des enfants.

Ce n'est pas lui qui aurait conçu le *cerceau captif à clochette*, tournant autour d'un axe et qu'on pousse devant soi sans lâcher le manche !

Ce n'est pas lui qui aurait inventé ces JOUETS aussi dispendieux que stupides, qu'on s'empresse de serrer dans une armoire pour les soustraire à la destruction qu'ils mériteraient si bien !

Ce n'est pas lui qui aurait imaginé ces JOUETS composés de substances dangereuses ou explosives qui menacent la santé et les yeux des enfants !

Juvatte n'a été à l'école que juste le temps indispensable pour apprendre à lire. Cela lui a suffi. Il a lu, beaucoup lui et il a pris ainsi les meilleures leçons des meilleurs maîtres. Il a su mettre à profit cette instruction dans l'industrie qu'il a largement contribué à faire prospérer. Voilà l'homme.

J'ai connu Juvatte dans une circonstance insignifiante où j'eus occasion de lui rendre un petit service, si petit que je l'aurais oublié depuis longtemps, si son persistant témoignage de reconnaissance n'avait pris à tâche de me le rappeler.

Vous le savez, nous avons naturellement du penchant vers ceux qui nous comptent pour quelque chose, surtout quand ils ont une propension à surfaire notre mérite. C'est là notre moindre défaut.

J'étais d'ailleurs si flatté de la confiance qu'il avait dans mon faible savoir, du cas qu'il faisait de mes conseils, que je ne manquais jamais de lui faire visite chaque fois que mes affaires et mes flâneries m'amenaient dans ce vieux quartier du Temple.

Je m'aperçois un peu tard que je vous ai présenté mon viel ami sans avoir l'honneur d'être connu de vous. Permettez-moi de réparer cette légère inconvenance et de me présenter moi-même.

Sachez donc que je suis, suivant le terme vulgaire, un vieux garçon, — ce qu'on appelle, en style administratif, un céliba-

taire. C'est un point de contact que j'ai avec le père Juvatte.
Comme lui, j'ai de l'amour pour les enfants et surtout pour
les enfants de ma sœur : trois coquins de neveux que j'aime
beaucoup parce qu'ils sont gentils, à moins que je ne les trouve
gentils parce que je les aime, et une nièce charmante, mais
tout à fait charmante. Ce n'est pas seulement mon opinion,
c'est l'opinion du petit monde dans lequel rayonnent ses
grâces et son amabilité enfantine.

Mes neveux : Pierre, Georges et Paulin, sont respective-
ment âgés de quinze ans, treize ans et neuf ans ; leur sœur
Thérèse vient d'entrer dans sa douzième année.

Je soupçonne que, dans mon entourage, on m'accuse d'être
un *oncle gâteau*. Je ne sais pas jusqu'à quel point l'accusation
est fondée. Ce que je sais bien, c'est que je n'ai rien à refuser
aux chers enfants. Ils sont si discrets, si réservés avec moi,
que je n'ai jamais eu l'occasion de marchander avec leurs
désirs.

Après cela, je me demande parfois ce que j'aurais fait s'ils
avaient exigé l'impossible. Bien certainement, je n'aurais
pas donné satisfaction à leur caprice, mais il est à craindre
que je n'en eusse été affligé. Quoi qu'il en soit, ils ne sont
point gâtés. Est-ce à eux, est-ce à moi que le mérite en re-
vient ?

Il y a pour moi chaque année un moment critique, c'est la
dernière quinzaine de Décembre. Quelles étrennes pourront
être agréables aux enfants et à leur mère ?

Quand ils étaient tout petits, à l'âge de babies, c'était facile ;
je me tirais d'affaire avec un hochet de vermeil représentant
une marotte entourée de clochettes et de saillies tranchantes
qui blessaient les doigts et les gencives du pauvre petit ; ce qui
n'empêchait pas sa maman d'être ravie du luxueux présent.

Un peu plus tard, les poupées, les *dadas*, les fouets vinrent à
mon secours ; les trompettes et les tambours firent ensuite
avec leur bonheur le désespoir des voisins. A mesure qu'ils gran-

dissaient, je leur donnais à profusion les livres de luxe édités pour la circonstance et, comme je n'étais pas seul généreux dans la famille, la bibliothèque enfantine des quatre neveux et nièce se trouva garnie et complétée.

A la fin de l'année dernière, la question se posa de nouveau plus sombre. Que leur donnerai-je donc pour leurs étrennes? me disais-je chaque soir en me couchant. Quelles étrennes leur donnerai-je bien?-répétais-je tous les matins en me réveillant. Une idée lumineuse me tira d'embarras.

Si je les conduisais chez mon vieil ami Juvatte, les autorisant à choisir les JOUETS qui leur conviendraient le mieux, et au besoin à en commander selon leur fantaisie! Allons demander conseil à Juvatte.

Juvatte me laissa à peine le temps de lui exposer ma requête. Sa physionomie exprima une joie mêlée d'orgueil, et ses lunettes passèrent de son front à son nez, de son nez à son front avec une agitation extraordinaire. — Vous ne trouvez rien chez les marchands? me dit-il. Ce n'est pas étonnant! Notre commerce est mal entendu, le rapport n'est pas assez direct entre le consommateur et le producteur; le besoin se révèle logiquement chez l'enfant et c'est un intermédiaire qui y pourvoit sans raison.

Je ne dis pas cela pour vous; mais n'est-il pas vrai que, le plus souvent, le JOUET est acheté par un parent, un ami, qui n'a qu'un désir : plaire à la maman avec un objet brillant et coûteux, l'apporter bien vite sans autre souci que la crainte de le briser en route? — Hélas! répondis-je en baissant la tête, une matière si grave mériterait d'être traitée plus sérieusement.

— C'est bien dit! il faut choisir avec le même soin les amis et les JOUETS de l'enfant. Amenez-moi donc vos neveux et votre nièce, ils ne trouveront pas ici un JOUET qui ne soit solide, utile ou amusant. J'en ai pour tous les âges, pour toutes les aptitudes, pour tous les caractères.

J'ai des tambourins, des flageolets, des trompettes qui ne donnent pas une note fausse. Voilà pour l'oreille. J'ai des boîtes de toutes couleurs, jaune, rouge, bleu, renfermant un pinceau, un godet, des types de nuances à reproduire, et des figures géométriques à laver. Voilà pour les yeux. Pour un franc, vous faites l'éducation de l'œil et vous êtes certain que votre enfant ne confond pas le lilas et le jaune, le vert et le rouge.

— Je sais qu'un quart au moins des enfants ne reçoivent pas des couleurs les mêmes sensations que nous et que l'intensité d'une nuance en modifie la nature.

— Pour exercer le toucher, j'ai une multitude de petites inventions. Je vais jusqu'à rendre possible le modelage de corps de formes simples à l'aide d'instruments qui tiennent le milieu entre le moule et l'ébauchoir.

J'ai des JOUETS savants et pas pédants du tout : de petites machines qui enseignent comme des professeurs ; des leviers à point d'appui mobile et à poids proportionnel ; des cabestans, des moufles, des chèvres capables de soulever des fardeaux de plus de cent grammes ; des culbuteurs à centre de gravité fixe ou mobile ; des roues remontant un plan incliné ; de petits carrousels qui pivotent sur une pointe d'aiguille ; des siphons, des vis d'Archimède qui épuisent l'eau d'une grande cuvette ; des ludions qui dansent à commandement ; des aréomètres de fer-blanc servant de balance à épicerie ; des tourniquets hydrauliques ; des tonneaux arroseurs qui marchent tout seuls ; des jets d'eau à air comprimé ; des canonnières à haute pression ; des voltigeurs à ailes obliques qui montrent la résistance de l'air aussi bien que les cerfs-volants ; des moulins à hélice qui tournent à la chaleur d'une bougie ; des ventouses de cuir ou de caoutchouc qui soulèvent des planches ; des microscopes à soixante-cinq centimes ; des kaléidoscopes, des lanternes magiques et fantasmagoriques ; des navires aimantés qui se fuient et s'abordent ; des hameçons de fer qui prennent des poissons magnétiques...

— Assez ! assez ! m'écriai-je ravi, je cours vous chercher mon petit monde.

Les chers enfants furent enchantés du complot tramé pour leur plaire. Ils ne se doutaient pas que ma générosité allait les mettre dans le plus grand des embarras, qui est, comme l'on sait, l'embarras du choix.

Le 24 décembre, nous partîmes dans la matinée pour la rue Vieille-du-Temple. Pierre, Georges et Paulin ouvraient la marche, pataugeant bravement dans la neige fondue ; Thérèse me donnait le bras.

L'excellent Juvatte, prévenu de notre visite, nous introduisit d'abord dans les ateliers du rez-de-chaussée où nous pouvions à peine pénétrer un à un entre les établis et les ouvriers. Il fit tout son possible pour intéresser ses jeunes visiteurs à la fabrication, mais l'enfant ne se laisse distraire en route que dans le chemin des écoliers. Quand il marche vers un autre but que l'école, il est pressé d'arriver ; toute son attention, tous ses désirs tendent vers la chose promise.

Pierre, Georges, Paulin, et même Thérèse, n'écoutaient donc que d'une oreille distraite. Ils tournaient leurs regards vers l'escalier qui devait les mener à l'Élysée qu'on allait leur ouvrir.

Enfin, après une courte visite dans l'atelier du premier où l'on habillait par bribes et par morceaux les poupées qui arrêtèrent un instant les regards de Thérèse, les enfants entrèrent dans le *Magasin*, où ils restèrent éblouis et comme transportés dans une vision.

PREMIÈRE JOURNÉE

CHAPITRE II

SOLDATS INVULNÉRABLES. — POUSSAHS. — CULBUTEURS. — LA ROUE DE LA FORTUNE. — CENTRE DE GRAVITÉ. —ÉQUILIBRE ET ÉQUILIBRISTES.

JUVATTE.

Croiriez-vous, au premier coup d'œil, que tout est ici groupé par catégories? J'ai pourtant mon ordre à moi, comme vous le verrez.

Nous allons procéder à l'inspection de mon *Musée* en commençant par la droite pour finir par la gauche. J'espère ne pas être un cicerone par trop ennuyeux; d'ailleurs, si je ne vous amuse pas, je serai le premier à m'en apercevoir.

Regardez cette petite escouade de *soldats*. Ils ont l'air bien chétifs, n'est-ce pas? Ce sont pourtant de rudes gaillards qui affrontent les périls et bravent la mort. Je les place en tirailleurs sur cette table et je vais les bombarder avec cette sarbacane.

GEORGES.

Chaque biscaïen de liège en renverse au moins un.

JUVATTE.

Vous craigniez qu'ils ne fussent blessés, morts? Eh bien! non. Ils sont *invulnérables*.

PIERRE.

Ils se relèvent d'eux-mêmes, fiers et impassibles comme auparavant.

JUVATTE.

Je les pose maintenant sur le couvercle de leur boîte qui représente une redoute minée. Je lâche le ressort et voilà mes guerriers lancés en l'air. Ils retombent pêle-mêle, qui sur le flanc, qui sur la tête, et se relèvent aussitôt. Les voici de nouveau debout défiant dans leur calme les attaques, les embûches, les obus et les coups de mine.

PAULIN.

C'est pourtant vrai.

THÉRÈSE.

Comment cela se fait-il?

JUVATTE.

Attendez. Regardez encore ces gros *Poussahs* qui, infatués

POUSSAHS.

de leur majestueuse ampleur, gardent toujours la tête haute. Poussez-les, bousculez-les, tentez de les terrasser.... c'est en vain. Ils répondent à vos rebuffades en se dodelinant en manière de saluts ironiques.

PAULIN, éclatant de rire.

Ils ont vraiment l'air de se moquer de moi.

THÉRÈSE.

Expliquez-nous la cause de leur flegme.

JUVATTE.

Tout à l'heure. Admirez d'abord mes deux *Portefaix japonais*, et dites-moi si vous en avez jamais vu travailler de cette
manière.

Vous remarquerez qu'ils sont de même taille et unis l'un à

PORTEFAIX JAPONAIS.

l'autre par les deux barres dorées fixées contre chacune de
leurs épaules.

THÉRÈSE.

Quels grands pieds ils ont!

JUVATTE.

Ces larges pieds plats leur assurent une assiette solide. Si
je les pose là, sur cette table, qui est un plan horizontal, ils
resteront indéfiniment en repos; ils ne savent marcher que
sur un escalier.

JOUETS D'ENFANTS.   2

PAULIN.

Je serais content de voir cela.

JUVATTE.

Vous aurez ce plaisir. La boîte qui les renferme peut, en se dédoublant, former une suite de gradins. Je pose l'un de ces messieurs sur la sixième marche qui est la plus élevée et l'autre sur la cinquième. Aussitôt que je les abandonnerai à eux-mêmes, celui qui est le plus haut passera par-dessus son camarade et viendra poser les pieds sur la quatrième marche. Après quoi il sera imité par celui qu'il avait laissé en arrière. Tour à tour, chacun d'eux passera par-dessus la tête de celui qui le précède momentanément. Ce mouvement se continuera, quel que soit le nombre de marches, jusqu'à ce qu'ils arrivent sur un plan horizontal.

MOI.

Vous vous doutez bien, enfants, que les *culbuteurs* ne peuvent ainsi sauter l'un par-dessus l'autre qu'à la condition de tourner librement autour d'un axe passant par leurs bras et fixé par chaque extrémité aux deux barres?

JUVATTE.

Attention! je lâche mes *culbuteurs*.

PAULIN, voyant les Japonais descendre lentement les gradins.

Sont-ils drôles! sont-ils amusants!

GEORGES.

Quelle régularité de mouvements! pif, paf! paf, pif!

THÉRÈSE.

Ils sont imperturbables.

PIERRE.

J'avais déjà vu ce JOUET sans m'être seulement demandé comment il fonctionnait. Cette fois je réclame l'explication.

JUVATTE.

On vous la donnera. Je dois avant tout vous montrer encore ce joujou.

THÉRÈSE.

Oh! oh! C'est, si je ne me trompe, la *Fortune sur sa roue ?*

JUVATTE.

C'est bien cela. Si je posais la roue sur ce plan incliné, qu'arriverait-il?

PAULIN.

Elle dégringolerait jusqu'en bas.

JUVATTE.

Si je la présentais au bas du plan incliné, remonterait-elle?

PIERRE.

Jamais!

JUVATTE.

Jamais, c'est bien absolu. Vous allez pourtant voir la *roue de la Fortune* remonter.

MOI.

Il est vrai que la Fortune est si capricieuse!

THÉRÈSE.

Est-ce assez étonnant! C'est qu'elle remonte parfaitement le plan incliné et qu'elle s'y maintient.

JUVATTE.

Cet autre JOUET, formé de deux *cônes accouplés* par leur

base, va également remonter le long de ces deux bandes assemblées suivant un angle aigu et formant un plan incliné. Voyez, je le lâche ; au lieu de descendre vers le sommet de l'angle, il remonte la pente de lui-même sans que je lui aie donné aucune impulsion.

PIERRE.

C'est étrange.

GEORGES.

Pourquoi nous faire attendre ainsi vos explications de ces divers phénomènes ?

JUVATTE.

Parce que, la cause étant la même, je ne serai pas obligé à des redites qui vous ennuieraient.

PIERRE.

Il est évident que tout cela dépend du CENTRE DE GRAVITÉ.

GEORGES.

Le Centre de gravité ? oui, voilà une chose que je ne connais guère que de nom.

THÉRÈSE.

Et nous, les petits, nous n'en connaissons rien du tout. N'est-ce pas, Paulin ?

MOI.

Nous allons tâcher de vous l'apprendre.

Vous savez tous que les corps sont pesants et tendent par conséquent à tomber jusqu'à ce qu'ils soient retenus par un obstacle.

PIERRE.

Ce qui n'a pas empêché *les petits soldats invulnérables* de se relever, *la Fortune* et *le double cône* de remonter.

MOI.

Patience, mon neveu. Toutes les molécules, toutes les particules qui composent un corps étant pesantes, tomberaient
séparément, suivant la verticale, si elles n'étaient retenues
par l'attraction moléculaire qui
les a rapprochées. Grâce à cette
attraction moléculaire, les choses se passent comme s'il n'y
avait qu'une de ces particules
qui fût pesante, et le corps n'est
à l'état de repos que quand cette
particule est soutenue directe-
ment ou indirectement.

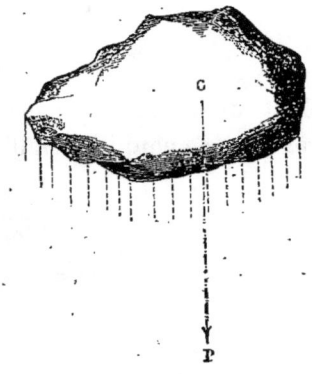

GEORGES.

Je comprends.

POIDS D'UN CORPS; CENTRE
DE GRAVITÉ.

MOI.

Tenez, voici une planche rectangulaire qui va venir en aide
à ma démonstration. Que je la pose à plat, ou sur l'une de ses
tranches assez larges pour lui servir de base, elle restera en
repos. Seulement, dans le second cas, le moindre choc la fera
tomber sur l'une de ses faces les plus larges, et elle gardera
cette dernière position. Elle sera alors en *équilibre stable;*
tandis que, posée sur la plus longue tranche ou sur la plus
courte, elle était en *équilibre instable.* Toutefois elle est en
équilibre dans les trois cas, lorsque le point auquel s'applique
la somme des actions de la pesanteur sur les molécules est
soutenu. C'est ce point qu'on appelle CENTRE DE GRAVITÉ.

Dans cette planche de forme régulière, le Centre de gravité
est au milieu de la masse du bois. Si je traçais avec de la craie
les deux diagonales du rectangle que forme l'une des deux
grandes faces, ces lignes se couperaient au milieu et il me

serait facile de soutenir ma planche en équilibre sur une pointe, placée en dessous, juste à la rencontre des diagonales.

CENTRE DE GRAVITÉ D'UN PARALLÉLO GRAMME.

PIERRE.

C'est compris. Dès que le Centre de gravité est soutenu, le corps reste en équilibre stable ou instable.

LA BASE DE SUSTENTATION D'UNE TABLE A TROIS PIEDS
EST UN TRIANGLE.

MOI.

Un corps est en équilibre stable ou instable quand la verticale abaissée du Centre de gravité tombe dans la *base de sustentation*. On appelle base de sustentation le polygone formé par les lignes joignant les points extrêmes sur lesquels s'appuie le corps. Ainsi, la base de sustentation d'un trépied, d'une table à trois pieds, est un triangle ; celle d'une table à quatre pieds, d'une chaise, est un rectangle.

THÉRÈSE.

Très bien ; mais quand l'équilibre est-il *stable ?*

TOUR PENCHÉE DE PISE.

MOI.

Un corps est en équilibre stable dans la position où son Centre de gravité occupe le point le plus bas possible.

PIERRE.

Alors il n'est pas nécessaire que la verticale du Centre de gravité tombe au milieu de la base de sustentation ?

MOI.

Certes non. Je vous rappellerai à ce propos les fameuses tours penchées de Pise et de Bologne. En dépit de leur forte inclinaison elles ne s'écrouleront pas, tant que la verticale passant par leur Centre de gravité tombera en dedans de la base formée par leurs fondations.

ÉQUILIBRE INSTABLE D'UNE VOITURE TROP CHARGÉE AU-DESSUS DU CENTRE DE GRAVITÉ

THÉRÈSE.

J'ai vu souvent des voitures qui, penchant à droite ou à gauche, me rappelaient les tours de Pise et de Bologne sans m'inspirer la même confiance

MOI.

Et tu avais bien raison. Il arrive souvent que la charge, placée trop haut, fait remonter le Centre de gravité et que la voiture, en équilibre fort instable, verse par suite d'une inclinaison même assez peu considérable du sol.

GEORGES.

Je me demande pourquoi les lourds colis sont toujours chargés sur la plate-forme des fiacres et des omnibus. Ne serait-il pas plus logique de les mettre dans une caisse placée sous la voiture? De cette façon, le Centre de gravité se trouvant plus bas, l'équilibre serait assuré.

PIERRE.

Il adviendrait alors fort souvent que les personnes, plus lourdes que leurs bagages, pourraient bien faire courir au véhicule les mêmes risques.

ÉQUILIBRE SUR UN PLAN INCLINÉ.

JUVATTE.

Je crois que cette petite discussion vous a suffisamment éclairés pour vous permettre de deviner la cause des phénomènes qui vous ont d'abord surpris.

Mes *petits soldats invulnérables*, en moelle de sureau modelée et peinte, sont donc fort légers. En revanche, ils ont, en guise de pieds, des grains de plomb aplatis, ce qui fait descendre leur Centre de gravité très bas et les ramène toujours à l'équilibre stable.

Vous pourriez construire vous-mêmes, et très facilement, un joujou du même genre.

PAULIN.

Comment cela?

JUVATTE.

Vous prendrez un petit cylindre de sureau ou de liège, vous le lesterez avec un grain de plomb. Lorsque vous le poserez sur l'un de ses côtés AB, il se retournera spontanément, sur sa partie hémisphérique comme s'il bondissait sur un tremplin.

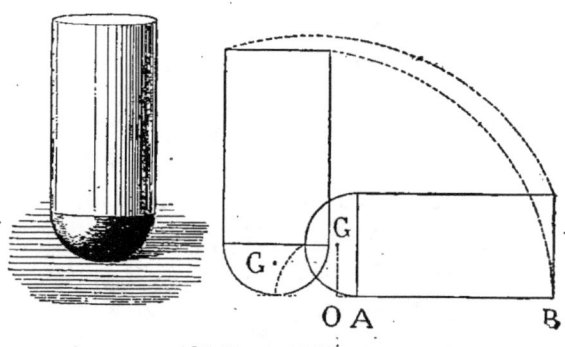

JOUJOU CULBUTEUR.

GEORGES.

C'est bien facile à essayer.

MOI.

En lestant convenablement une des faces d'un dé à jouer, on peut obtenir toujours le chiffre le plus élevé. C'est à l'aide de ces *dés pipés* que certains fripons dupent des joueurs par trop naïfs.

GEORGES.

Alors les *Poussahs* ont une masse de plomb dans le ventre?

PAULIN, me regardant malicieusement.

Et si certains neveux avaient du plomb dans la tête, comme on le leur souhaite souvent, ils risqueraient de marcher la tête en bas et les pieds en l'air.

JUVATTE.

Mes Poussahs sont en effet chargés à la partie inférieure d'une lourde masse qui les maintient debout. De plus, leur base étant arrondie, ils retombent toujours, non en équilibre stable,

ÉQUILIBRE INSTABLE, INDIFFÉRENT ET STABLE.

mais dans un autre genre d'équilibre qu'on nomme *équilibre indifférent*.

THÉRÈSE.

Ainsi, voilà trois sortes d'équilibre : l'*équilibre stable*, l'*équilibre instable* et l'*équilibre indifférent*.

PAULIN.

J'espère qu'il n'y en a pas d'autre?

PIERRE.

Tu peux te rassurer.

THÉRÈSE.

Qu'est-ce que l'équilibre indifférent?

MOI.

Supposons qu'une meule soit soutenue par un axe horizontal autour duquel elle peut tourner librement. Elle sera en *équilibre stable* quand son Centre de gravité sera en dessous de l'axe de rotation; en *équilibre instable* quand son Centre de gravité sera verticalement au-dessus, en *équilibre indifférent* quand son Centre de gravité sera sur l'axe même. Mais je pourrais vous citer bien d'autres exemples d'équilibre indifférent.

GEORGES.

Il suffit que nous comprenions qu'un corps est en équilibre indifférent quand le plus léger effort peut modifier sa position sans le faire tomber.

PIERRE.

C'est ainsi que les sphères, les cylindres, les corps elliptiques ou ovoïdes sont toujours en équilibre indifférent.

Avant d'aller plus loin, je voudrais qu'il nous fût expliqué

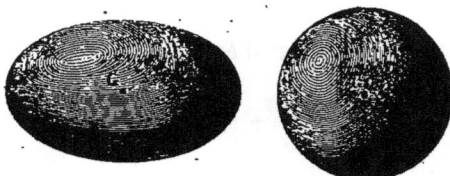

ÉQUILIBRE INDIFFÉRENT.

dans quel point de la masse d'un corps creux se trouve le Centre de gravité.

MOI.

Le Centre de gravité peut ne pas être un point matériel. Dans une sphère creuse, dans un anneau, il se trouve en dehors de la masse, au centre de la figure; c'est un point idéal.

THÉRÈSE.

Voulez-vous, monsieur Juvatte, avoir l'obligeance de reprendre vos explications?

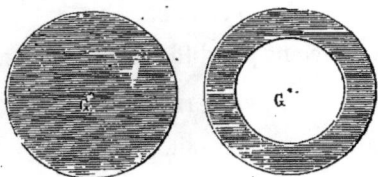

DANS UNE SPHÈRE CREUSE, DANS UN ANNEAU, LE CENTRE DE GRAVITÉ EST UN POINT IDÉAL.

JUVATTE.

Volontiers. Dans mes *Culbuteurs japonais*, les barres qui les unissent sont des tubes creux à moitié remplis de mercure. Quand les personnages sont posés sur un plan horizontal, le Centre de gravité se trouvant au milieu du mercure, ils sont en équilibre stable.

Mais, lorsque l'un d'eux est placé plus haut que l'autre, le mercure coule dans la partie la plus basse des tubes qui se trouvent redressés verticalement par la descente du Centre de gravité. Le Japonais qui était en arrière suit le mouvement, et, en vertu de la vitesse acquise, il dépasse la vertical et tombe alors au gradin inférieur. Ce mouvement fait descendre le mercure dans l'autre partie des tubes et c'est au tour du *culbuteur* devancé à passer par-dessus la tête de l'autre.

THÉRÈSE.

Et ainsi de suite jusqu'à ce qu'ils arrivent au bas de l'escalier.

PIERRE.

Sans doute. Ils sont bien forcés de s'arrêter là, puisque, les tubes étant dans la position horizontale, le Centre de gravité se trouve juste entre les deux bonshommes, au milieu des tubes.

THÉRÈSE.

Tout cela ne nous fait pas deviner pourquoi la *Fortune* a remonté le plan incliné, au lieu de le descendre.

JUVATTE.

Le secret n'est pourtant pas difficile à pénétrer.

PAULIN.

On est bien malin quand on sait.

JUVATTE.

La *Fortune* étant fort légère est lestée, en un certain point de sa roue, par une petite masse de plomb dissimulée.

Posons la roue sur le plan incliné de façon que le Centre de gravité, qui est nécessairement du côté le plus lourd, se trouve en G, en avant de la verticale. Le Centre de gravité tendant à occuper le point le plus bas, fait tourner la roue dans le sens de la montée pour arriver en G'. D'où il résulte que la roue s'élève d'une longueur égale à un peu moins que la moitié de la circonférence.

GEORGES.

Je vois que tout s'explique simplement.

THÉRÈSE.

A présent, sans doute. Mais il fallait savoir ce que nous venons d'apprendre sur le Centre de gravité.

MOI.

Vous comprenez bien, n'est-ce pas, que la loi de la pesanteur est encore observée ici ? La *Fortune* de mon ami Juvatte remonte bien le plan incliné, mais le Centre de gravité exécute en réalité un mouvement de descente.

THÉRÈSE.

Moi, j'aurais été dupe; je croyais à une exception.

GEORGES.

Je me rends difficilement compte du phénomène.

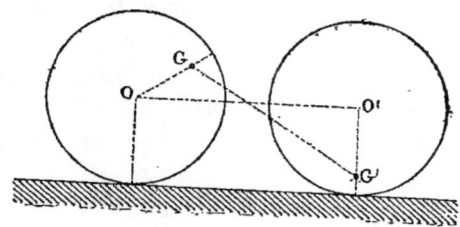

MOI.

Je vais te faire comprendre.

Bien que la *Fortune* s'élève, le Centre de gravité n'en descend pas moins. Il est affecté par deux mouvements simultanés : l'un qui tend à le faire tomber jusqu'à ce qu'il se trouve sur la verticale passant par son point de contact avec le plan incliné ; l'autre engendré par le premier qui produit la rotation autour du point O et par conséquent l'ascension de la roue.

JUVATTE.

Le JOUET du *double cône* s'explique comme la *Roue de la Fortune;* il renferme une masse de plomb qui déplace aussi son Centre de gravité.

GEORGES.

Est-ce grâce à un subterfuge du même genre que l'*équilibriste* qui m'a tant surpris à l'Hippodrome arrive à monter un plan incliné en spirale, perché sur une boule qu'il fait mouvoir avec ses pieds?

MOI.

. Non. Cette fois la boule est homogène et il y a réellement
ascension du Centre de gravité. C'est la force musculaire des
pieds de l'homme qui agit sur la surface courbe et entre en
lutte avec la pesanteur.

. L'*équilibriste* veut-il monter, il se place sur la partie de la
surface de la boule du côté
de l'élévation du plan et, par
les efforts des muscles de ses
pieds, il fait tourner la boule
et par suite la fait monter.

ÉQUILIBRISTE SUR SA BOULE.

GEORGES.

Que de choses curieuses on
peut apprendre à propos du
Centre de gravité !

PAULIN.

Je vois qu'on peut avoir
raison de ce Centre de gravité. Moi, quand je tiens une
canne sur le bout de mon
doigt, je le taquine joliment, votre Centre de gravité, en
l'empêchant de tomber.

PIERRE.

C'est vrai, ta canne ne tombe pas tant que, par de légers
mouvements, tu réussis à ramener la verticale du Centre de
gravité au-dessus de la base de sustentation qui est sur ton
doigt.

GEORGES.

Mais, au premier geste maladroit, la canne passe, de l'équilibre instable que lui offrait ton doigt, à l'équilibre stable
qu'elle trouve sur le plancher !

JUVATTE.

Vous le voyez donc : toutes les fois que la verticale abaissée du Centre de gravité tombe dans l'intérieur de la base de sustentation, le corps ne tombe pas.

THÉRÈSE.

Ainsi notre corps obéit à cette loi , et j'entrevois que nous sommes toujours en équilibre instable puisque nous pouvons tomber.

GEORGES.

Excepté quand nous sommes couchés, puisque c'est comme si nous étions tombés !

PIERRE.

Notre base de sustentation n'est-elle pas déterminée par la position de nos pieds plus ou moins écartés

ÉQUILIBRE INSTABLE.
LE BATON.

GEORGES.

Quand nous marchons et quand nous courons, nous

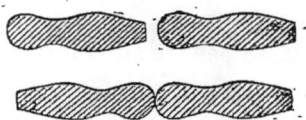

POSITION DES SEMELLES DANS
L'ÉQUILIBRE INSTABLE.

POSITION DES
SEMELLES DANS
L'ÉQUILIBRE STABLE.

sommes bien forcés de lever les pieds l'un après l'autre et nous n'avons pas alors une large base.

MOI.

Mais ce mouvement déplace le Centre de gravité qui, dans la course, est rejeté alternativement au-dessus du pied droit et du pied gauche.

JUVATTE.

Vous pouvez à ce propos vous féliciter d'avoir des genoux souples et bien articulés dont le jeu facilite singulièrement votre marche. N'avez-vous jamais remarqué quel effort considérable sont obligés de faire à chaque pas, pour soulever leur corps, les infirmes qui ont les genoux ankylosés ou les invalides qui ont une jambe de bois?

THÉRÈSE.

Aussi ces pauvres gens doivent-ils chercher un point d'appui dans une canne ou une béquille qui élargit leur base de sustentation.

PIERRE.

Notre corps, instruit par l'expérience, doit donc prendre des attitudes diverses suivant l'acte que nous accomplissons?

MOI.

C'est évident. Une personne qui monte un escalier ou un talus se penche en avant; elle se penche au contraire en arrière, pour descendre. Un homme qui porte un seau d'eau de la main droite s'incline à gauche, en étendant le bras libre pour ramener dans la normale le Centre de gravité trop rapproché de la droite.

PAULIN.

Et les commissionnaires et les portefaix portant sur le dos

un crochet, ou une hotte, ou un fardeau quelconque, se pen-
chent en avant pour que leur Centre de gravité ne reste pas
trop en arrière.

GEORGES.

Tandis que les marchandes des quatre-saisons qui portent
leur éventaire en avant rejettent le corps en arrière. Ce n'est

POSITIONS D'ÉQUILIBRE DE PERSONNES CHARGÉES D'UN FARDEAU.

pas seulement pour avoir une belle prestance, c'est encore
pour se tenir en équilibre.

PAULIN.

Quand je saute à cloche-pied, je n'ai plus pour base de
sustentation que la semelle d'un seul soulier. Je vois bien
maintenant pourquoi l'on ne peut faire un long chemin dans
cette position.

GEORGES.

Et quand je marche avec mes *échasses*, je m'aperçois bien
aussi que ma base est rétrécie.

PIERRE.

Aussi les Landais qui font usage des *échasses* ont-ils soin, au repos, d'élargir leur base de sustentation à l'aide d'un long bâton qui leur donne un troisième point d'appui.

MOI.

Nous avons donc grand tort d'augmenter notre instabilité en portant des semelles trop étroites et de hauts talons qui, plus étroits encore, sont placés au milieu de la semelle. Si les

LANDAIS SUR LEURS ÉCHASSES.

femmes et les jeunes filles qui donnent dans ce travers se doutaient à quel point elles déforment leurs pieds et même compromettent leur santé, si elles savaient ce que leur allure y perd de franchise et de grâce, elles renonceraient bien vite à cette mode aussi funeste que disgracieuse.

JUVATTE.

Que la laitière de La Fontaine entendait mieux son affaire,

Ayant mis ce jour-là, pour être plus agile,
Cotillon simple et souliers plats !

THÉRÈSE.

Certes, elle n'eût pas renversé son pot au lait si elle ne se fût avisée de sauter dans la joie de son rêve.

ATTITUDES D'ÉQUILIBRE PENDANT LA COURSE.
COURSES DE BERGÈRES DANS LE WURTEMBERG.

GEORGES.

Je vois que nous faisons souvent de l'équilibre comme M. Jourdain faisait de la prose.

PAULIN.

Et les danseurs de corde ! ils en font pourtant des sauts et des bonds sur un chemin qui n'est guère large.

MOI.

Il faut bien qu'ils sautent, qu'ils dansent, c'est par ce mouvement rapide et fréquent qu'ils ramènent leur Centre de gravité au-dessus de cette base étroite. C'est pourquoi vous les voyez presque toujours chargés d'un énorme balancier qui leur permet de varier instantanément la position de leur Centre de gravité.

GEORGES.

Le balancier ne garde donc pas son propre Centre de gravité ?

MOI.

Le balancier fait corps avec le danseur de corde comme l'éventaire avec la marchande des quatre-saisons, le fardeau avec le portefaix, le crochet avec le commissionnaire, la boule avec l'équilibriste.

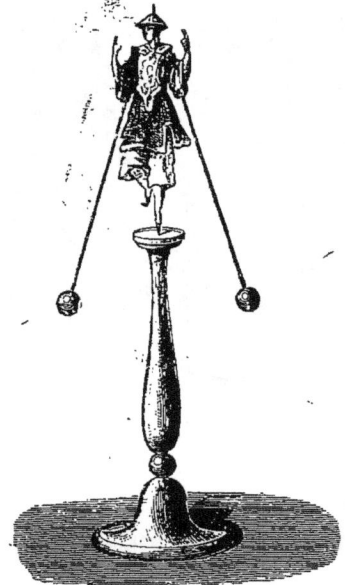

DANSEUR JAPONAIS.

JUVATTE.

Comprendrez-vous maintenant pourquoi ce petit *danseur japonais* reste posé sur la pointe de son pied mignon au sommet de cette colonnette de buis ? Grâce au balancier courbe dont je l'ai muni, je puis le faire pivoter sur la pointe du pied sans qu'il perde l'équilibre.

GEORGES.

Le balancier se terminant à ses deux extrémités par de

petites balles de plomb, le Centre de gravité du danseur se trouve au-dessous du point d'appui ; il doit, en tendant à tomber, assurer et non menacer l'équilibre.

PAULIN.

Et si l'habile équilibriste voulait, comme le danseur de corde de la fable, *jeter ce balancier qui le gêne et fait sa sûreté*, il tomberait aussi en se cassant le nez.

PIERRE.

Le balancier n'est plus guère de mode. Partout on voit les funambules danser sur la corde, et même sur un simple fil de fer, les mains libres et sans le moindre auxiliaire.

MOI.

Ceux-là doivent avoir bon pied, bon œil, le jarret ferme et les reins souples pour retrouver instantanément leur Centre de gravité. On prétend que quelques-uns se tirent d'affaire en regardant avec persistance un point fixe situé dans le même plan que la corde ; mais le balancier est plus sûr.

JUVATTE.

Enfin, s'il vous prenait fantaisie d'appliquer le principe d'équilibre de mon *danseur* à une expérience amusante, je me ferais un véritable plaisir de vous l'apprendre.

GEORGES.

Une expérience ! et amusante par-dessus le marché ! dites-nous vite cela, monsieur Juvatte.

JUVATTE.

L'appareil n'exige ni dépense ni effort ; une bouteille, un bouchon, deux couteaux en font tous les frais. Vous fixez les couteaux obliquement et symétriquement dans le bouchon que vous posez sur le bord du goulot de la bouteille maintenue

penchée. Vous pouvez ainsi verser à la ronde le vin que contient la bouteille et la vider complètement sans faire tomber le
bouchon ni les couteaux.

PIERRE.

En effet, les couteaux jouent le même rôle que le balancier du
danseur japonais.

THÉRÈSE.

Vous nous ferez voir cela pas plus tard que ce soir au dîner.

CHAPITRE III

LE TOTON. — LA FRONDE. — LES TOUPIES. — LE CERCEAU. — LE GYRO-
SCOPE. — LA TOUPIE MAGIQUE. — LE BILBOQUET. — LA FORCE CEN-
TRIFUGE.

JUVATTE.

Ne dédaignerez-vous pas de jeter un coup d'œil sur des JOUETS bien connus de vous ?

PAULIN.

En voilà des *toupies* de toutes les formes et de toutes les couleurs !

JUVATTE.

La collection est complète ; peut-être y trouverez-vous des modèles qui vous sont inconnus.

Voici d'abord la plus simple de toutes : le vulgaire *toton*, composé d'un disque de bois mince traversé en son milieu par un pivot d'os. Voyez comment, sans effort, je lui imprime un mouvement de rotation énergique.

THÉRÈSE.

Il tourne sans le moindre balancement.

PAULIN.

Ah ! le voilà qui se trémousse ! il se ralentit... il se balance... il s'arrête... il tombe ! Pourquoi ne tombait-il pas tant qu'il tournait ?

JUVATTE.

Problème facile à résoudre. Son équilibre est dû à la FORCE CENTRIFUGE. Votre oncle vous dira mieux que moi ce qu'il faut que vous sachiez de cette force.

MOI.

Dites-moi, enfants, quand vous faites tourner une *balle* fixée à une ficelle, vous remarquez que la ficelle est d'autant plus tendue que le mouvement est plus accéléré. Cela ne prouve-t-il

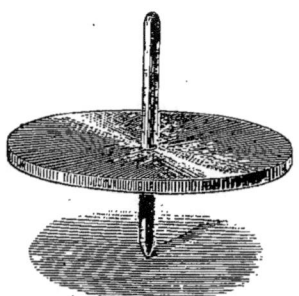

LE TOTON.

pas bien que la *balle* fuit le centre du cercle que vous lui faites décrire avec d'autant plus d'énergie que la rotation est plus rapide?

GEORGES.

C'est vrai. Voilà donc pourquoi cette Force est dite CENTRIFUGE, je fuis le centre !

MOI.

Si, au lieu d'une *balle de paume*, vous faisiez tourner ainsi une boule de métal, la FORCE CENTRIFUGE pourrait devenir assez puissante pour casser la ficelle, et la boule devenue libre, occasionnerait bien des dégâts là où elle atteindrait.

PAULIN.

Je ne voudrais pas la recevoir en pleine tête.

PIERRE.

Cela ressemble joliment à la *fronde*.

JUVATTE.

La *fronde*, que tous les garçons ne connaissent que trop, est en effet une application du même principe. Sur un morceau de cuir tenu par deux cordons, dont l'un est enroulé autour de la main ou des doigts, l'autre retenu entre le pouce et l'index, on pose la pierre que l'on veut projeter et l'on imprime à l'appareil un vigoureux mouvement rotatoire.

LA FRONDE.

La pierre, ne pouvant s'échapper que dans le sens où le cuir lui fait obstacle, n'est lancée dans l'espace que lorsqu'on lâche un des cordons. Ce n'est pas une invention nouvelle.

THÉRÈSE.

Qui ne se rappelle David tuant Goliath !

MOI.

La *fronde* était en effet une arme terrible avant d'être un JOUET dangereux.

GEORGES.

Si j'ai bien compris, la pierre qui fuit le centre suivant la direction d'un rayon, continue son mouvement dans ce sens quand elle devient libre.

MOI.

Pas du tout. Elle s'échappe par la tangente à la circonférence qu'elle suivait. La tangente est, vous le savez, une droite qui n'a qu'un point commun avec la circonférence et qui est perpendiculaire à l'extrémité du rayon.

PIERRE.

Cependant la pierre, obéissant à l'inertie, doit continuer son mouvement dans la même direction?

MOI.

Précisément, et ton objection confirme mon dire. Ce n'est pas à un grand garçon comme toi que j'apprendrai qu'une circonférence peut être considérée comme un polygone d'un nombre infini de côtés. Donc la pierre tend à chacun des points de cette circonférence à suivre la ligne droite; mais, retenue par la ficelle, elle est contrainte de changer incessamment de direction et de décrire une courbe. C'est seulement quand sa chaîne est rompue qu'elle peut obéir à la loi de l'inertie et s'échapper par la ligne droite dont elle occupait pour ainsi dire le premier élément, qui n'est autre que le POINT DE TANGENCE.

THÉRÈSE.

Hé! mais je comprends cela, moi.

PAULIN.

Moi, je voudrais bien qu'on n'interrompît pas toujours M. Juvatte pour faire de la science.

JUVATTE.

Pourquoi pas, si cela ne gâte rien à la chose? C'est vous-même, mon garçon, qui avez le premier demandé pourquoi le *toton* ne tombe pas tant qu'il tourne.

PAULIN.

Et avec tout cela je ne le sais pas encore.

JUVATTE.

Nous y voici. Dès que j'imprime un vigoureux mouvement de rotation au *toton*, il se tient droit parce que tous les points matériels du disque de bois tendent à fuir le centre et à relever l'axe dont l'extrémité lui sert de pivot. Cet axe, étant éga-

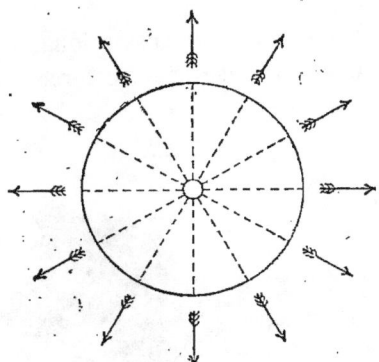

FIGURE THÉORIQUE DU TOTON EN ROTATION.

lement et symétriquement sollicité en tous sens, ne peut incliner ni d'un côté ni de l'autre.

PIERRE.

Incontestablement il demeurera vertical tant que dominera l'action de la FORCE CENTRIFUGE.

JUVATTE.

Quoi de plus facile maintenant que de comprendre l'influence exercée par cette Force sur les *toupies?* Qui vous empêche de supposer chaque *toupie* partagée en un certain nombre de tranches horizontales superposées, et de considérer ces tranches comme autant de *totons* solidaires tournant simultanément?

PAULIN.

Seulement ces grosses *toupies*-là, on ne peut pas les faire tourner entre le pouce et l'index.

JUVATTE.

Oh non ! Il faut enrouler une assez longue ficelle autour de la *toupie* et la lancer ensuite avec force en tirant à soi la

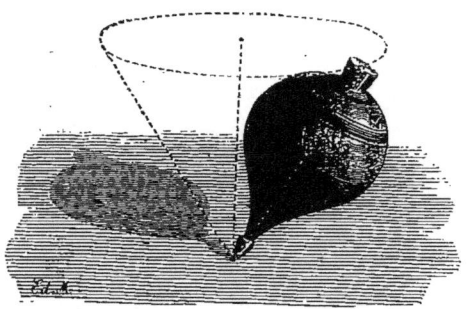

TOUPIE.

ficelle, qui, retenue par la main, se déroule rapidement en imprimant un mouvement rotatoire plus ou moins énergique.

THÉRÈSE.

Tout est facile en paroles ; mais moi je n'ai jamais réussi à lancer une *toupie* autrement que sur le flanc.

PAULIN, avec supériorité.

Oh bien ! moi, je vous lance joliment ça ! je sais aussi bien faire dormir la *toupie* sur place que faire courir le *sabot* à coups de fouet.

MOI.

Les coups de fouet toujours appliqués dans le même sens
impriment en effet la rota-
tion, l'entretiennent et font
en même temps courir la
toupie.

PIERRE.

J'en vois là une autre en
métal, dont le mouvement est
communiqué par un ressort
bandé qu'on déclique en ap-
puyant sur ce bouton.

GEORGES.

LE SABOT.

Et une autre qu'on met
en mouvement en tirant une crémaillère.

JUVATTE.

Cette belle *toupie* tout à fait nouvelle s'appelle la *Cigale.*

MOI.

Tous les moyens sont bons pour faire tourner une *toupie:*
soit qu'on la projette en retenant la ficelle ; soit qu'on tire
la ficelle en faisant pivoter la *toupie* sur place ; soit qu'on la
mette en mouvement à l'aide du fouet, d'un ressort ou de
tout autre moyen.

GEORGES.

La *toupie* que je préfère est celle qu'on lance avec adresse
au milieu d'un cercle dont elle doit sortir par le mouvement
de translation qui accompagne son mouvement de rotation.

PIERRE.

Comme la Terre tournant autour du Soleil.

THÉRÈSE.

En voilà une qui ne pourrait toujours pas courir loin, car la ficelle est fixée à la tête de l'axe par un anneau tournant.

JUVATTE.

Aussi l'appelle-t-on *toupie captive*. Elle peut tourner verticalement sur le sol, si on la laisse poser sur son pivot, ou perpendiculairement à la ficelle, si on la retient suspendue.

PAULIN.

Quelles sont ces *toupies* creuses, percées d'un trou sur le côté ?

TOUPIE D'ALLEMAGNE.

JUVATTE.

Ce sont des *toupies à musique* ou *ronfleuses*, autrement dites *toupies d'Allemagne;* elles bourdonnent en tournant comme les insectes en volant. Voilà pourquoi la *toupie à crémaillère* a reçu le nom de *cigale*.

GEORGES.

Ce gros JOUET qui ressemble à une double *toupie d'Allemagne* n'est-il pas aussi une application de la FORCE CENTRIFUGE?

JUVATTE.

Certainement. Ce JOUET, qu'on appelle *diable*, est composé de deux ronfleurs réunis par un étranglement. Seulement, cette sorte de *toupie* diffère essentiellement des autres en ce

qu'elle tourne autour de son axe horizontal. Il faut la maintenir en équilibre sur une corde à laquelle on imprime un
mouvement de va-et-vient à l'aide d'une des deux baguettes
tenues dans chaque main ; les secousses ainsi données équi-
valent à des coups de fouet et communiquent au *diable* une
rotation rapide. Le joueur peut, en tendant subitement la
corde, lancer le *diable* dans les
airs, puis le recevoir sur la corde
pour le faire ronfler de nouveau.

PAULIN.

Oh ! comme il jure !

THÉRÈSE.

Ce *diable* est un véritable acro-
bate.

GEORGES.

Oui, et qui ronfle en travaillant
au lieu de ronfler en dormant.

PAULIN.

Et ce disque de bois, creusé

LE DIABLE.

dans tout son pourtour d'une rainure à l'intérieur de laquelle
s'enroule une ficelle ?

JUVATTE.

Vous ne connaissez pas l'*émigré*, également nommé *émigrant ?* Quand vous le laissez tomber en le retenant par
le bout de sa ficelle, la secousse qu'il éprouve le fait remonter le long de son cordon, puis il descend par son propre
poids, et les mouvements d'ascension et de descente se succèdent alternativement.

Voici tout à côté la *toupie éblouissante*, peinte et dorée sur
toutes ses sinuosités. On en peut varier les effets à l'aide de

LES JOUETS D'ENFANTS.

ces rondelles de toutes couleurs qu'on enfile dans la tige qui la surmonte.

L'ÉMIGRANT.

THÉRÈSE.

Et cette espèce de gros *toton* dont les bords forment bourrelet et qui a des secteurs différemment coloriés à moitié recouverts d'une petite plaque noire mobile ?

GEORGES.

Mais c'est la *toupie caméléon* qui change de couleur quand, pendant sa rotation, on déplace ce disque noir, échancré, à l'aide d'un poinçon.

JUVATTE.

Cette *toupie,* inventée par un savant qui n'était pourtant

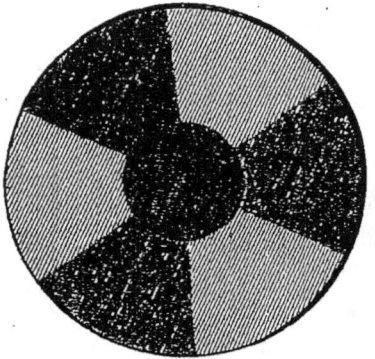

DISQUE A SECTEURS JAUNES ET BLEUS DONNANT LA SENSATION DU VERT.

pas fabricant de JOUETS, sert à démontrer le mélange des

couleurs, et s'appelle aussi, à cause de cela, *toupie chroma-tique.*

MOI.

Je lui connais un autre nom scientifique. On l'appelle encore *toupie newtonienne*, parce qu'elle sert à répéter des expériences faites par Newton sur le mélange des couleurs qui produisent la lumière blanche.

JUVATTE.

Voyez : pendant qu'elle tourne, je touche légèrement le disque échancré et, suivant qu'il découvre des secteurs rouges

TOUPIE NEWTONIENNE.

et bleus, jaunes et bleus, rouges et jaunes, nous obtenons des anneaux violets, verts ou orangés.

PAULIN.

C'est la plus belle de toutes vos TOUPIES, et j'en demande, à mon oncle, une comme celle-là.

PIERRE.

Je comprends que dans toutes ces espèces de *toupies* la FORCE CENTRIFUGE maintienne l'axe vertical, mais je m'étonne qu'elle puisse le redresser, comme cela arrive dans les *toupies à fouet.*

JUVATTE.

Vous allez être bien plus surpris. Tenez, j'ai justement là sous la main un *œuf* en bois tourné qui va me servir à une petite démonstration. Je le place sur cette table de manière que son petit axe soit vertical et son grand axe horizontal. Avec le médius de chaque main appliqué aux deux bouts, je lui imprime un vigoureux mouvement de rotation autour de son petit axe. Que se passe-t-il?

PAULIN.

Voilà l'*œuf* debout!

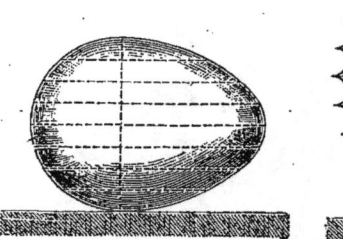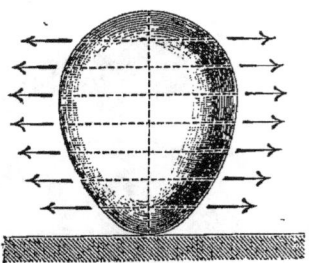

LA FORCE CENTRIFUGE RELÈVE L'ŒUF SUR UN DE SES BOUTS.

GEORGES.

C'est bien singulier: il s'est relevé sur son grand axe.

THÉRÈSE.

Et il tourne sur son petit bout comme une *toupie* qui n'aurait pas de pivot.

PIERRE, avec hésitation.

Il n'y a point là de mystification, monsieur Juvatte? point de plomb dissimulé à l'intérieur?

JUVATTE.

Rien dans les mains, rien dans les poches!

MOI.

Notez que la FORCE CENTRIFUGE augmente avec la vitesse.

Quand l'*œuf* tournait autour de son petit axe, les portions de cercle qui avoisinaient le petit bout décrivant dans le même temps plus de chemin avaient une plus grande vitesse; en conséquence, la FORCE CENTRIFUGE y prédominant a relevé l'*œuf* sur le petit bout.

JUVATTE.

Il est évident que, si je l'avais incliné un peu vers le gros bout, il se serait au contraire relevé de ce côté-là. En voici la preuve.

Je suis très fier de cette petite expérience, car je crois l'avoir faite le premier ; du reste, votre oncle doit encore en être plus fier, car c'est lui qui m'en a donné la théorie.

PIERRE.

Cela est bien étonnant. C'est une jolie solution du problème de Christophe Colomb.

GEORGES.

Je demande à poser une question. La rotation des *toupies* a lieu dans des plans toujours horizontaux, c'est très bien, et je conçois qu'elles conservent un certain

LE CERCEAU.

temps un équilibre instable. Je conçois aussi que les jongleurs arrivent à faire tourner un plat, une assiette, sur la pointe d'une baguette posée sur leur nez, leur menton ou leur front. Mais comment les *cerceaux*, qu'on fait courir *à la baguette*, dans un plan vertical, ne tombent-ils aussi que quand ils cessent de tourner ?

JUVATTE.

Ce fait n'est qu'un cas du même principe.

MOI.

Toute rotation à laquelle un corps est soumis se continue dans le même plan tant qu'elle ne faiblit pas.

JUVATTE.

Nous allons vous prouver cela *de visu*, comme l'on dit. Voici un JOUET américain, qui était déjà connu de l'autre côté de

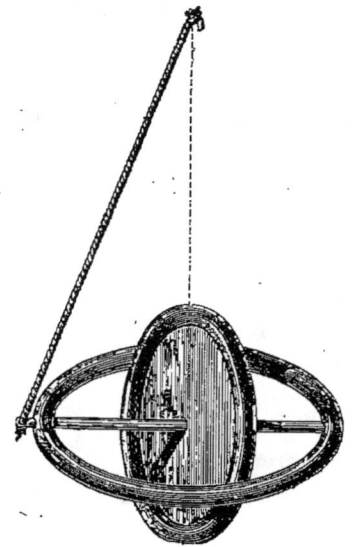

GYROSCOPE IONET.

l'Atlantique quand notre célèbre savant Foucault a construit son *gyroscope.*

C'est un petit volant trapu, de métal, qui tourne à angle droit dans l'intérieur d'un anneau. Pour imprimer le mouvement, j'enroule d'abord ce ruban, en le serrant bien, autour de l'axe qui fixe le volant à l'anneau, et; pendant que l'un de vous tiendra le petit appareil par l'anneau, je tirerai le ruban avec force.

Allons, monsieur Pierre, tenez ferme l'anneau à deux mains. Maintenant que le volant tourne dans un plan vertical, cherchez à l'incliner et à l'amener à la position horizontale.

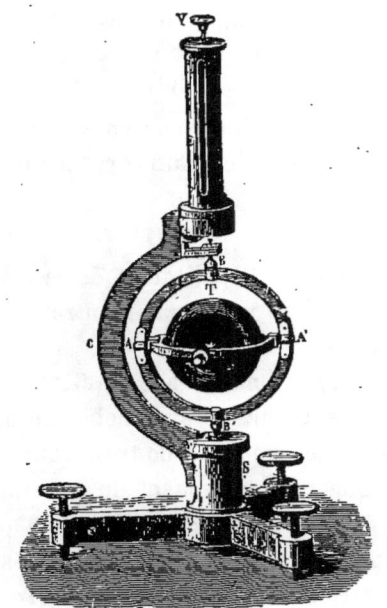

GYROSCOPE FOUCAULT.

PIERRE.

L'y voilà. Mais quelle force j'ai dû employer !

JUVATTE.

Passez maintenant ce JOUET à votre plus jeune frère.

PAULIN.

Il n'y a pas moyen ; je ne puis pas le changer de position.

JUVATTE.

Je ne m'en étonne pas. A présent, que mademoiselle Thérèse tienne l'appareil suspendu par ce cordon relié à l'anneau.

THÉRÈSE.

C'est assez bizarre. Le volant continue à tourner verticalement, tandis que l'anneau reste horizontal.

MOI.

Cette simple épreuve doit vous convaincre mieux que tout raisonnement que la rotation d'un corps persiste dans le même plan.

JUVATTE.

Les savants ont fait l'application de ce principe dans un JOUET charmant que je veux vous montrer et qui s'appelle la *toupie magique.*

Elle se compose, comme vous le voyez, d'un disque massif, monté à angle droit, sur un axe mobile autour de l'une des extrémités ; jusqu'ici rien que de très ordinaire. Mais imprimons à ce disque un mouvement de rotation énergique au moyen d'une ficelle enroulée autour de l'axe et posons la *toupie* sur son pivot au sommet de ce petit support en conservant à son axe une position presque horizontale.

GEORGES.

Mais elle tombera.

JUVATTE.

Nous verrons bien.

THÉRÈSE, avec animation.

Comment, comment ! elle pivote paisiblement autour de son support, tandis que le disque continue à tourner dans le même plan quasi vertical.

PAULIN.

On a bien raison de l'appeler *toupie magique.*

PIERRE.

Voilà une leçon de mécanique à laquelle je ne m'attendais pas.

MOI.

C'est le principe de l'appareil que l'illustre Foucault a imaginé et auquel il a donné le nom de *gyroscope.* Cette conception merveilleuse permet de déterminer, sans le se-cours de l'astronomie, la méridienne d'un lieu et offre une démonstration de la rotation terrestre aussi curieuse et aussi évidente que celle que le même savant a donnée au moyen du mouvement pendulaire.

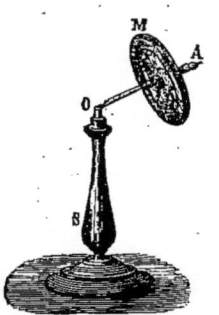

TOUPIE MAGIQUE

PIERRE.

Qu'est-ce que cela veut dire? quel rapport y a-t-il entre l'oscillation d'un pendule et le mouvement diurne de la Terre?

MOI.

Un rapport plus direct que tu ne le crois.

PIERRE.

L'oscillation d'un pendule se fait donc toujours dans le même plan?

MOI.

En se fondant sur le principe que nous venons d'essayer de vous faire comprendre, Foucault a montré — ce qui aux yeux de bien des gens vaut mieux que de démontrer, — la rotation de la Terre. Il a suspendu sous la voûte du Panthéon, un gigantesque pendule, dont la lentille était un boulet de canon, muni d'une pointe à sa partie inférieure.

Autour du pendule au repos, il a disposé une banquette circulaire d'un diamètre un peu plus petit que l'amplitude des

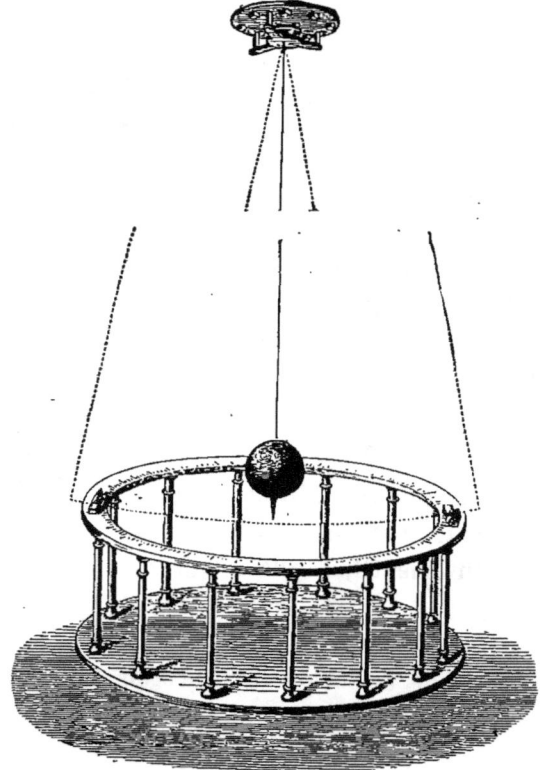

EXPÉRIENCE DE FOUCAULT AU PANTHÉON.

oscillations. Cette banquette recevait dans son pourtour un cordon de sable fin que devait rencontrer et entamer la pointe du boulet à chaque oscillation.

En mettant le pendule en branle à midi, on trouvait qu'à

six heures du soir il avait entamé le quart de la couronne de sable ; à minuit, la moitié ; à six heures du matin, les trois quarts ; et qu'enfin à midi du jour suivant, il avait enlevé la crête de la couronne tout entière.

GEORGES.

Que faut-il conclure de là ?

MOI.

Il faut conclure que le pendule, dont on avait trouvé le moyen d'entretenir le mouvement, ayant toujours oscillé dans le même plan, c'était la banquette garnie de sable qui avait tourné avec le Panthéon, de même que le Panthéon avec la Terre.

THÉRÈSE.

Je ne comprendrai jamais une pareille chose.

PAULIN, étourdiment.

Ma foi, je comprendrai plus tard !

PIERRE.

Il nous est difficile d'admettre que le Panthéon fasse ainsi des tours de valse !

MOI.

Il y a là une petite difficulté de conception qui tient à la latitude de la partie du globe que nous habitons, mais si vous me prêtez quelque attention, vous comprendrez vite.

Pour la facilité de la démonstration nous allons nous transporter un instant à l'un des pôles.

PAULIN.

Oh ! oui, rien qu'un instant ! il y fait trop froid.

MOI.

Installons-y un pendule comme celui de Foucault. N'est-il pas évident que, au repos, il coïncidera avec l'axe terrestre prolongé.

PIERRE.

D'accord.

MOI.

Mettons ce pendule en mouvement dans un plan méridien que nous considérerons comme le premier méridien. Au qout d'une heure, il oscillera dans le deuxième méridien, au bout de deux heures dans le troisième, après trois heures dans le quatrième et ainsi de suite, de manière qu'après vingt-quatre heures, il oscillera de nouveau dans le premier méridien, si nous en avons supposé vingt-quatre.

Or le mouvement du pendule ayant persisté dans le même plan, c'est donc la Terre qui, en vingt-quatre heures, ou un jour, a fait un tour entier.

THÉRÈSE.

Je vais te prouver que je comprends le phénomène. Voici une *balle* suspendue à une ficelle que Georges va faire osciller dans le même plan au-dessus de ce *ballon* de peau à tranches rouges et vertes.

Pendant ce temps, je ferai tourner le *ballon* autour de son axe vertical, et nous verrons successivement la *balle* osciller dans tous les méridiens représentés par les tranches colorées du *ballon*.

PIERRE.

Je doute de ta démonstration fût acceptée dans un cours de science.

MOI.

Tout en simulant fort cavalièrement le phénomène, Thérèse me fait voir qu'elle le comprend.

GEORGES.

Qui aurait pensé que le *toton* nous conduirait au *cerceau*, le cerceau au *gyroscope*, le gyroscope au *pendule* et le pendule à la démonstration expérimentale de la rotation de la Terre !

THÉRÈSE.

J'étais bien loin de me douter du rapport qui existe entre ces choses.

PIERRE.

Nous avons acquis, grâce à mon oncle et à M. Juvatte, la connaissance d'un fait curieux, dont nous ne nous serions pas rendu compte facilement.

MOI.

Je dois ajouter comme complément à ce qui précède que cette persistance d'un corps soumis à la rotation se remarque encore quand le corps est soumis à un autre mouvement. Ainsi l'on assure la justesse du tir en imprimant aux projectiles un mouvement giratoire au moyen de rayures en hélice creusées à l'intérieur des carabines et des canons.

JUVATTE.

C'est en vertu du même principe que l'on fait tourner la boule du *bilboquet* pour en maintenir l'axe dans la position verticale et rendre la réussite du coup plus certaine.

GEORGES.

Tu nous disais tout à l'heure, mon oncle, qu'un corps soumis à la FORCE CENTRIFUGE était lancé dans l'espace suivant la direction d'une tangente dès qu'il est abandonné à lui-même. A ce compte, comment les écuyers qui ne sont retenus par rien ne sont-ils pas précipités hors de l'arène sur les spectateurs ?

MOI.

Parce que, en s'inclinant plus ou moins vers le centre, ils réagissent contre la FORCE CENTRIFUGE.

PAULIN.

C'est donc pour cela que je les vois toujours de travers sur leurs chevaux ? Moi qui croyais qu'ils se penchaient ainsi pour ajouter aux difficultés et aux dangers de leurs périlleux exercices.

PIERRE.

Les choses ne sont pas toujours ce qu'elles paraissent.

MOI.

Tu remarqueras maintenant que, quand le cheval prend son plus grand galop, l'écuyer ne reste pas debout, il se colle pour ainsi dire contre la croupe, du côté du centre. Dans cette position, qui paraît si critique, son équilibre est d'autant plus assuré que la vitesse est plus considérable.

GEORGES.

C'est vrai, puisque si d'un côté l'écuyer est exposé à être jeté hors du cercle avec plus de violence, de l'autre il est retenu par la croupe, qui lui fait obstacle.

THÉRÈSE.

Puisque nous sommes en train de tourner, je voudrais bien savoir si l'étourdissement qu'on ressent en valsant tient à la FORCE CENTRIFUGE.

MOI.

Il est clair que la FORCE CENTRIFUGE, en déplaçant les fluides de l'économie animale, doit occasionner quelques troubles. Mais je pense que la cause principale de l'étourdissement peut être attribuée à la succession des images qui passent trop rapidement devant les yeux.

PAULIN.

Je ne sais pas alors pourquoi l'on valse.

GEORGES.

C'est qu'on y trouve du plaisir, et il n'y a pas de plaisir sans peine.

PIERRE.

Et comme c'est la peine qu'on ressent d'abord quand on commence à valser, si l'on continue, c'est qu'on trouve qu'il n'y a pas de peine sans plaisir.

PAULIN.

Moi, quand je valserai, je fermerai les yeux, ou je me les ferai bander, comme on le fait aux chevaux qu'on attelle au manège.

CHAPITRE IV

TONNEAU D'ARROSAGE. — PRESSION DES LIQUIDES SUR LES PAROIS DES VASES. — LUDIONS. — BALLONS ET MONTGOLFIÈRES. — BATEAUX. — PRINCIPE D'ARCHIMÈDE. — CERF-VOLANT.

PAULIN.

Oh! le joli petit *tonneau d'arrosage!* Il est fait absolument comme ceux de la Ville de Paris. C'est bien dommage qu'il n'arrose pas aussi.

JUVATTE.

Qui vous dit qu'il n'arrose pas? Nous allons le remplir d'eau et ouvrir le robinet. Reculez-vous un peu, si vous ne voulez pas être éclaboussés.

PAULIN.

Il marche tout seul, et il arrose le parquet.

THÉRÈSE.

Il s'arrête quand il n'arrose plus, comme c'est intelligent!

JUVATTE.

Il ne marche même que parce qu'il arrose, car c'est l'eau qu'il verse en arrière qui le pousse en avant.

GEORGES.

Comment! l'eau qu'il lance d'un côté le pousse de l'autre?

THÉRÈSE.

Je vois, j'entends, mais je ne comprends pas.

JUVATTE.

Examinez ce JOUET qui est assez bien construit, en fer-blanc très mince. Il est très léger, et les roues tournent aisément ; il peut donc se mouvoir sans grand effort.

Quand le *tonneau* est plein, l'eau presse également les parois de toutes parts et le *tonneau* reste immobile. Mais, si j'ouvre à l'arrière le robinet, la PRESSION exercée par le liquide n'est plus égale sur les deux faces ; elle est plus grande sur la face antérieure, et c'est ce léger excès de pression qui fait avancer mon *tonneau d'arrosage*.

GEORGES.

Nous aurions besoin pour comprendre ce phénomène de quelques explications sur la cause qui le produit.

MOI.

Les molécules liquides roulant les unes sur les autres sans frottement, exercent, en vertu de leur poids, une PRESSION qui s'applique également dans tous les sens. Cette PRESSION, indépendante de la forme des vases, dépend de la hauteur du liquide.

PIERRE.

C'est ce que Pascal a démontré expérimentalement à l'aide de son *crève-tonneau*. Il fit éclater un tonneau solide auquel était adapté un tube étroit de dix mètres d'élévation, en remplissant d'eau le tonneau et le tube. Les PRESSIONS latérales exercées sur les douves étaient les mêmes que si l'appareil avait eu partout la hauteur du tube et le diamètre du tonneau.

MOI.

Donc, quand un vase quelconque est plein d'eau, vous savez très bien qu'en perçant un trou dans n'importe laquelle de ses parois, vous verrez jaillir l'eau par cet orifice avec d'autant plus d'impétuosité qu'il sera percé plus bas au-dessous de la surface du liquide.

JUVATTE.

Si mon *tonneau d'arrosage* était percé sur les deux faces

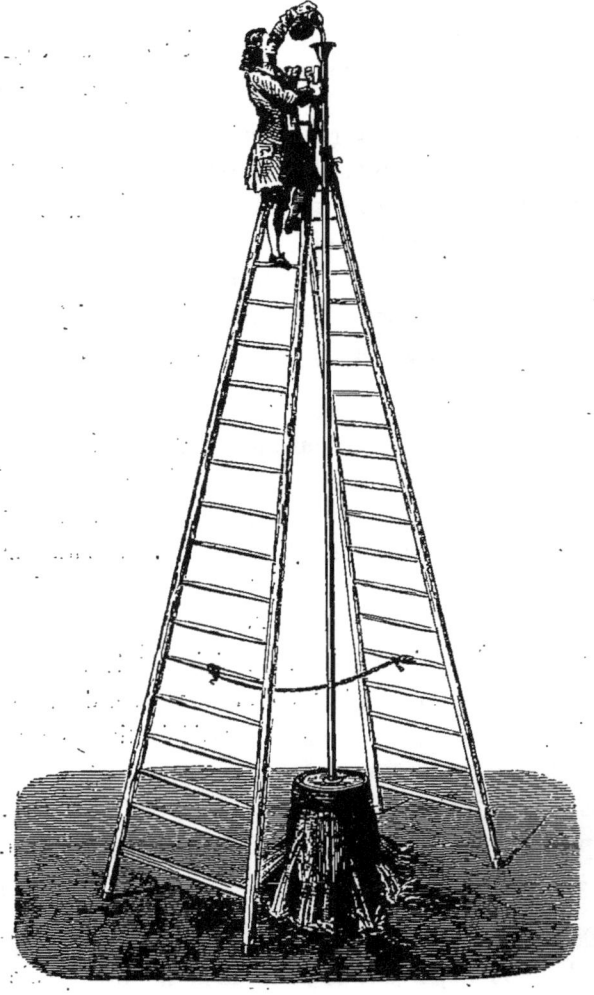

CRÈVE-TONNEAU DE PASCAL.

opposées, l'eau jaillirait des deux côtés sans produire aucun

mouvement, puisque les PRESSIONS latérales se contre-balance-
raient. Mais, comme l'eau ne s'échappe que par le robinet placé
à l'arrière, le plus bas possible, la face opposée supporte un
excès de PRESSION qui suffit pour faire avancer le *tonneau* du
côté du cheval ; si bien que l'appareil qui subit en réalité un
mouvement de recul paraît avancer pour le spectateur.

MOI.

C'est sur ce principe qu'est établi le *tourniquet hydraulique*
des cabinets de physique. La PRESSION latérale s'exerçant aux

TOURNIQUET HYDRAULIQUE.

deux extrémités d'un tube horizontal, doublement coudé, le
fait tourner dans un sens opposé à la sortie du liquide.

PAULIN.

Vois donc, Thérèse, ces petits bonshommes en bocal comme

des cornichons! Que font-ils au milieu de l'eau, pendus par la tête à une boule de verre?

THÉRÈSE.

Ces petits plongeurs ont l'air bien tranquille.

JUVATTE tambourinant avec ses doigts sur le couvercle du bocal.

Ils ne sont pas toujours aussi calmes comme vous voyez.

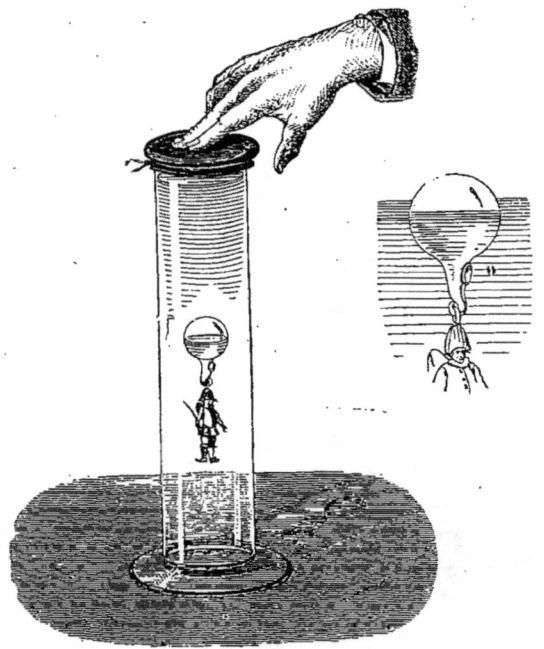

LUDION.

THÉRÈSE.

Est-ce gentil! Les voilà qui montent et descendent.

PAULIN.

Comment cela se peut-il? Voulez-vous les faire encore danser?

JUVATTE.

Je n'ai pour cela qu'à leur rhythmer un air sur le couvercle. Les voilà partis !

PAULIN.

C'est comme si vous étiez sorcier.

JUVATTE.

Les charlatans, qui ont pour but de duper les badauds en les amusant, y mettent plus de malice que moi. Posant la naissance du pouce sur la membrane ou le caoutchouc servant de couvercle, ils font danser ces pantins d'émail par une suite de contractions de la main qu'on ne soupçonne pas. Le bon public naïf et ébahi s'imagine que ces petits hommes aquatiques obéissent à la voix, et crie au prodige.

GEORGES.

Nous ne sommes pas tout à fait aussi crédules que ces braves gens, mais nous n'en savons pas plus qu'eux là-dessus. Je voudrais bien connaître la malice, car il y a une malice.

MOI.

La malice appartient à la science.

PIERRE.

Ces pantins d'émail ne s'appellent-ils pas *ludions?*

MOI.

Oui. D'un mot latin qui signifie faiseurs de tours.

PIERRE.

Notre professeur de physique nous a justement expliqué l'autre jour comment ces figurines peuvent rester immergées dans l'eau ou flotter à la surface.

GEORGES.

Repasse-nous un peu de ta science.

PIERRE, galment.

Mes auditeurs sont-ils attentifs ?

PAULIN.

Cela dépend de ce que tu leur diras.

ARCHIMÈDE.

PIERRE.

Ces *ludions*, appelés encore *diables cartésiens*, faisant corps avec l'ampoule qui les supporte, ont la même densité que l'eau dans laquelle ils demeurent.

THÉRÈSE.

Ç'est donc parce qu'ils ont la même densité que l'eau qu'ils ne tombent pas au fond ?

MOI.

Sans doute. En vertu d'une loi découverte par Archimède, il y a plus de vingt siècles, les corps plongés dans un liquide

C. LAPLANTE.

UN CORPS PLONGÉ DANS UN LIQUIDE PERD UNE PARTIE DE SON POIDS
ÉGALE AU POIDS DU VOLUME DU LIQUIDE QU'IL DÉPLACE.

perdent de leur poids un poids égal à celui du volume du liquide qu'ils déplacent.

GEORGES.

Je me rappelle cela ; c'est le fameux PRINCIPE D'ARCHIMÈDE.

PIERRE.

Eh bien! puisqu'un corps perd de son poids un poids égal à celui du volume du liquide qu'il déplace, ces *ludions* pesan autant que le même volume d'eau, perdent la totalité de leur poids et, ne pesant plus rien, ils ne tombent pas.

PAULIN.

Voilà ce que c'est.

GEORGES.

C'est facile à retenir. Quand un corps a, sous le même volume, le même poids que le liquide, il reste immobile dans la masse de ce liquide comme s'il en faisait partie. Quand il est

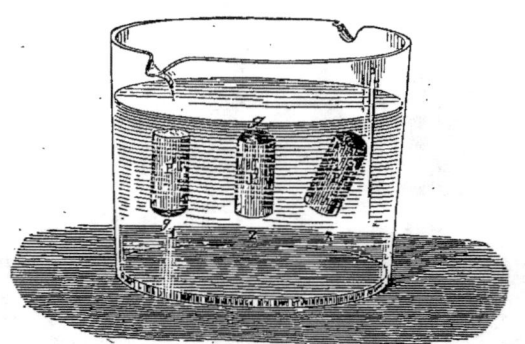

UN CORPS PLONGÉ DANS UN LIQUIDE DE MÊME DENSITÉ QUE LA SIENNE
RESTE INDIFFÉREMMENT PLACÉ DANS SA MASSE.

plus dense, il tombe au fond, tout en perdant encore une partie de son poids. Enfin, quand il est moins dense, il plonge d'autant moins qu'il y a plus de différence entre son poids et celui du même volume du liquide déplacé, et il flotte.

THÉRÈSE.

Bon. Mais alors, pourquoi ces *ludions*, puisque ludions il y a, changent-ils de place sans qu'on les rende plus lourds ni plus légers ?

JUVATTE.

Pénétrons ce mystère. Vous remarquez que le vase dans lequel plongent les *ludions* n'est pas absolument rempli d'eau et qu'il est fermé hermétiquement par une membrane élastique.

Chaque fois que j'appuie sur le caoutchouc, je comprime la couche d'air qui est au-dessus de l'eau et cette pression se transmet au liquide. Une gouttelette d'eau s'introduit alors dans l'ampoule de verre par un petit trou percé à sa partie inférieure, et l'appareil, devenu plus lourd, commence à tomber. Mais aussitôt que la pression cesse, l'élasticité de l'air renfermé dans l'ampoule chasse la gouttelette par où elle était entrée, et le *ludion*, ayant de nouveau la même densité, remonte.

THÉRÈSE.

Je me trompais donc en croyant que le *ludion* ne devenait ni plus lourd ni plus léger.

GEORGES.

Je comprends maintenant comment on peut, par des pressions successives, faire danser ces petits diables en cadence.

PAULIN.

C'est comme le grain de raisin que mon oncle faisait un soir danser dans sa flûte de champagne.

MOI.

Très bien, Paulin.

PIERRE.

Cette expérience amusante s'explique aujourd'hui facilement pour nous.

Au moment où tu jetais le grain de raisin dans ton verre, sa densité étant plus grande que celle du vin, il tombait au fond. Peu à peu, de petites bulles d'acide carbonique venant perler à la surface du grain, augmentaient son volume sans augmenter son poids et le soulevaient jusqu'à la surface. Lorsqu'en frappant sur l'ouverture du verre avec la paume de la main, tu ébranlais le liquide, les bulles de gaz s'éparpillaient en abandonnant le grain qui, moins léger, retombait au fond, pour remonter après la formation de nouvelles bulles de gaz.

MOI.

Compris. Pourrais-tu nous expliquer aussi bien pourquoi certains poissons se soutiennent en équilibre à différentes profondeurs?

PAULIN.

Dame! en se servant de leurs nageoires.

MOI.

Non; sans efforts et sans le secours des nageoires?

GEORGES.

J'imagine que c'est au moyen de leur vessie natatoire.

PIERRE.

Naturellement. Lorsque ces poissons veulent plonger, ils compriment leur vessie et, diminuant leur volume sans que leur poids soit modifié, ils augmentent leur densité et descendent vers le fond.

Veulent-ils au contraire remonter ? Ils détendent les muscles de leur vessie qui se dilate et l'effet contraire se produit.

THÉRÈSE.

Alors on peut dire que ces poissons sont des *ludions* vivants.

PAULIN.

Et il n'y a pas de *ludions* ni de faiseurs de tours plus agiles qu'eux.

GEORGES.

Et où prennent-ils cet air qui gonfle leur vessie?

MOI.

Ce n'est pas de l'air atmosphérique, mais un gaz particulier qu'ils fabriquent eux-mêmes dans ce laboratoire spécial. Ce qu'il y a de curieux, c'est que chaque espèce de poisson fabrique différemment le sien, suivant la profondeur où il aime à se tenir et la pression qu'il doit supporter.

PAULIN.

Ils sont bien heureux les poissons de posséder un moyen si commode de s'équilibrer dans l'eau.

JUVATTE.

Tous les poissons n'ont pas de vessie natatoire.

PAULIN.

Comment font ceux qui n'en ont pas?

JUVATTE.

Ayant une densité supérieure à celle du milieu dans lequel ils doivent vivre, ils ne peuvent demeurer immobiles, ils sont forcés de nager constamment pour ne pas tomber.

GEORGES.

Pauvres juifs errants à qui la nécessité crie sans cesse : nage ! nage !

PIERRE.

Bah ! ils ont la faculté de se reposer sur le fond d'où ils opèrent leur ascension par leurs efforts musculaires.

THÉRÈSE.

Et nous qui sommes plus denses que l'eau, comment

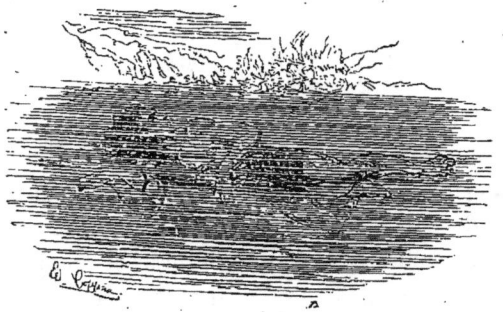

LA DENSITÉ DE NOTRE CORPS DIFFÈRE PEU DE CELLE DE L'EAU.

pouvons-nous nager ? Nous ne pouvons nous passer d'air atmosphérique et garder longtemps la tête plongée.

MOI.

Vous avez tous pris assez de bains froids pour savoir combien il est facile de perdre pied : le moindre mouvement de l'eau nous soulève, le plus faible courant nous entraîne. Cela doit vous prouver que la densité de notre corps ne diffère que très peu de celle de l'eau.

Il nous suffit d'introduire de l'air dans nos poumons ou d'en expulser par les actes successifs de la respiration pour que nous devenions tour à tour un peu plus légers ou un peu plus lourds que le même volume d'eau. Aussi est-il très facile d'apprendre à nager quand on a de la présence d'esprit.

THÉRÈSE.

Ce qui signifie quand on n'a pas peur.

POUR PLONGER IL FAUT UN EFFORT MUSCULAIRE.

PIERRE.

Ce que vient de dire mon oncle sur la densité de notre

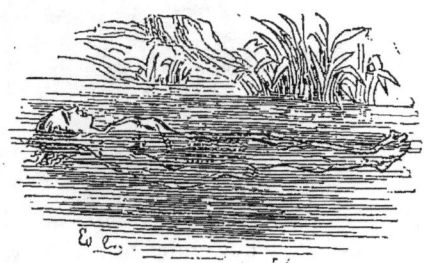

POUR FLOTTER IL FAUT INTRODUIRE DE L'AIR DANS LES POUMONS.

corps me fait comprendre pourquoi il m'est si aisé de *faire le noyé* à l'école de natation.

GEORGES.

Nous arrivons même à flotter ainsi un temps assez considérable pour nous refroidir.

PIERRE

Qu'on nage en faisant la *brasse* ou la *coupe*, le point important c'est d'arriver à flotter en sachant respirer.

PAULIN.

Puisque nous nageons en flottant, il serait peut-être plus uste de comparer un bon nageur à un canard qu'à un poisson.

THÉRÈSE.

Que de fois ai-je envié les cygnes et les canards du lac du

LA COUPE.

Bois de Boulogne tranquillement assis sur l'eau comme je l'étais sur l'herbe! Ils n'ont pourtant pas de vessie natatoire.

MOI.

L'air emprisonné entre les épaisses couches de plumes et de duvet leur en tient lieu.

GEORGES.

Ils n'ont pas besoin qu'on leur mette des vessies gonflées d'air sous les bras ainsi qu'on le faisait à Paulin pour lui apprendre à nager dans l'Orge.

PAULIN.

Ce qui ne m'empêchait pas de boire de temps en temps un petit coup.

LA BRASSE.

THÉRÈSE.

En jetant un dernier regard à ces *ludions* coiffés de leur petit ballon de verre, je ne puis m'empêcher de penser aux grands *ballons* qui flottent dans l'air.

JUVATTE.

La similitude est plus grande que vous ne le croyez. Les *ballons* s'élèvent dans l'atmosphère et se maintiennent dans la couche d'air qui est de même densité, en vertu de ce même PRINCIPE d'ARCHIMÈDE.

PIERRE.

Ce qui est vrai pour l'eau est vrai aussi pour l'air.

MOI.

C'est évident : les corps plongés dans un fluide, un liquide ou un gaz, perdent de leur poids un poids égal à celui du volume du fluide qu'ils déplacent.

PAULIN.

Les enfants ont donc raison de tenir solidement par la ficelle leurs *petits ballons rouges*.

JUVATTE.

Je le crois. S'ils les lâchaient, ces *petits ballons*, gonflés avec du gaz hydrogène, gaz quatorze fois plus léger que l'air, s'envoleraient bien vite jusqu'à une couche d'air de même densité que la leur.

GEORGES.

Et nécessairement il en est de même des *aérostats*, qui emportent des voyageurs assez braves pour affronter les périls de la navigation aérienne.

MOI.

Vous savez comment les frères Montgolfier ont imaginé de construire de grands *ballons* de papier, qu'ils gonflaient en brûlant des matières combustibles sous l'ouverture ménagée à la partie inférieure. L'air chaud, plus léger que l'air ambiant, pénétrait avec la fumée dans le *ballon*, qui s'élevait jusqu'à une couche d'air de même densité. Là il se refroidissait et ne tardait pas à tomber.

PAULIN.

J'aurais pu inventer aussi les *ballons!* C'était bien facile. Est-ce qu'on ne voit pas à chaque instant la fumée sortir des tuyaux de cheminée et s'élever dans l'air? Il ne s'agissait que de penser à l'enfermer dans une enveloppe légère.

GEORGES, ironiquement.

Tout bonnement. Paulin aurait fait les plus grandes découvertes si l'on n'avait eu l'irrévérence de les faire avant lui.

MOI.

Que de gens parlent comme Paulin! et pourtant les décou-

MONTGOLFIÈRE.

vertes les plus simples ne s'en font pas moins attendre bien
des siècles.

JUVATTE.

Il est certain que la première idée des ballons à air chaud qu'on appelle des *montgolfières* a dû venir aux inventeurs en voyant monter la fumée, puisqu'ils brûlaient sous l'ouverture béante de la paille humide, du cuir, de la laine, toutes substances qui produisaient beaucoup de fumée.

PIERRE.

Et ils se trompaient en cela.

THÉRÈSE.

Pourquoi? c'était pourtant logique !

MOI.

Pas tant que cela. La fumée, composée de parcelles de charbon incomplètement brûlées et de tant d'autres particules de matières enlevées par la colonne ascensionnelle d'air chaud, est conséquemment plus lourde que la même quantité d'air chauffé à égale température.

JUVATTE.

Vous voyez là de *petites montgolfières* en papier fort léger qu'on gonfle assez vite avec l'air chauffé par une lampe à esprit-de-vin. Avant de les lâcher, on allume l'alcool qui imbibe cette éponge accrochée à un fil de fer sous la partie inférieure laissée ouverte. L'air de la *montgolfière*, ainsi maintenu à une température convenable, lui permet de rester en l'air un certain temps.

PAULIN.

Emportons-en ! emportons-en ! nous les ferons partir dans les champs.

JUVATTE.

Je ne livre jamais ce JOUET qu'à mon corps défendant et après avoir fait les plus sérieuses recommandations, car il offre un danger réel. Un coup de vent peut chasser la *Mont-golfière* dans un grenier, la précipiter sur les chaumes ou sur une meule avant que l'éponge ne soit éteinte.

PAULIN.

Nous prendrons tant de précautions!

JUVATTE.

Je préfère vous donner une recette pour fabriquer un *aéro-stat* original. La première fois que votre cuisinière achètera un dindon au marché, dites-lui de vous conserver le *jabot*; vous aurez là une enveloppe de *ballon* sans couture que vous pourrez gonfler avec du gaz hydrogène.

GEORGES.

Et en avoir?

JUVATTE.

En le fabriquant vous-même. Vous mettrez dans une bouteille à moitié pleine d'eau 500 grammes de limaille de fer; vous y ajouterez — goutte à goutte surtout! — de l'acide sulfurique. La bouteille étant remplie, bouchez bien avec un bouchon tra-versé par un tube de verre dont vous engagerez l'extrémité dans le jabot en question.

Le gaz résultant de la décomposition de l'eau se rendra par le tube dans le jabot. Quand votre *ballon* vous semblera convenablement gonflé, vous ferez une ligature solide au-dessus du tube et vous dégagerez votre *aérostat* qui s'envolera fort gentiment.

THÉRÈSE.

Je n'avais jamais vu de *montgolfières* et je ne connaissais que les *aérostats* qu'on gonfle au gaz d'éclairage.

MOI.

C'est si simple! Dans toutes les villes il y a maintenant des usines à gaz et l'on n'a qu'à aboucher un tuyau de l'usine à l'ouverture de l'*aérostat*. La pression exercée sur le gazomètre de l'établissement a bientôt rempli convenablement la capacité du *ballon*.

Quoique l'hydrogène pur soit considérablement plus léger que l'hydrogène carburé employé pour l'éclairage, on lui préfère ce dernier; d'abord par raison d'économie et ensuite parce que l'hydrogène pur, extrêmement subtil, réussit, en dépit de toutes les précautions, à filtrer au travers des tissus les plus serrés.

DALLON GONFLÉ AU GAZ HYDROGÈNE.

THÉRÈSE.

Tu disais que les *aérostats* s'élèvent jusqu'à ce qu'ils rencontrent une couche d'égale densité; cependant on n'en voit jamais qui stationnent longtemps au même point.

MOI.

Je crois bien. Un *ballon* faisant corps avec la couche d'air dans laquelle il se trouve, participe à son mouvement. Il suit le courant atmosphérique comme les corps flottants suivent le courant d'un ruisseau.

GEORGES.

Alors les aéronautes doivent joliment sentir le vent là-haut. Moi qui aime tant à être caressé par les brises, cela ferait bien mon affaire.

JUVATTE.

Ce n'est pas en *ballon* que vous donneriez satisfaction à ce goût.

GEORGES.

Pourquoi donc?

MOI.

Parce que les aéronautes ne sentent pas le moindre mouvement de l'air. Une bougie allumée dans la nacelle ne vacille même pas.

THÉRÈSE.

C'est trop fort!

PIERRE.

C'est parfaitement exact. L'*aérostat* se déplace avec le vent, et fait pour ainsi dire partie du vent.

JUVATTE.

C'est ce simple fait que méconnaissent et négligent les braves rêveurs qui cherchent les moyens de diriger les *ballons* à l'aide de voiles comme les navires.

PAULIN.

Il faudrait plutôt leur donner des ailes.

MOI.

Des aéronautes ont tenté l'emploi de ces vaisseaux volants qui se soutenaient péniblement un temps très court, à une faible hauteur.

GEORGES.

Les navigateurs aériens doivent donc, jusqu'à présent, se résoudre à obéir au mouvement de la couche d'air qui les reçoit ?

JUVATTE.

Mon Dieu, oui. Ils ne peuvent que suivre les courants atmosphériques, qui sont aussi, comme les rivières, de routes qui marchent.

VAISSEAU VOLANT.

MOI.

Seulement les aéronautes, ayant la possibilité de changer la densité de leur esquif, soit en jetant du lest, soit en perdant du gaz par la soupape placée au sommet du *ballon*, peuvent monter ou descendre et par conséquent rencontrer à différentes hauteurs des courants qui les entraînent dans diverses directions.

PAULIN.

Décidément j'aime mieux naviguer en bateau qu'en ballon. On a le plaisir de ramer et d'aller où l'on veut.

PIERRE.

Tu voudrais bien avoir à ta disposition un joli *canot* comme ceux que je vois là si élégamment peints et vernis.

THÉRÈSE.

Ah! monsieur Juvatte, vous nous aviez dit que tout était ici rangé par catégories! Voici pourtant des embarcations de toutes formes et de toutes dimensions à côté des *montgolfières* et des *ballons!*

JUVATTE.

Je l'ai dit et ne m'en dédis pas. En *canot* comme en *ballon*, nous ne sortons pas des applications du PRINCIPE D'ARCHIMÈDE.

THÉRÈSE.

Comment cela? Les *bateaux* vont sur l'eau et non dans l'eau, j'imagine.

JUVATTE.

N'avons-nous pas dit précédemment qu'un corps moins dense que l'eau flotte et s'enfonce d'autant moins qu'il est plus léger?

GEORGES.

On fait pourtant des navires cuirassés et le fer a une densité bien supérieure à celle de l'eau.

MOI.

Personne ne nie le fait. Cependant on fait flotter un corps très pesant sur un liquide d'une très faible densité en lui donnant une forme telle que l'air qui le remplit en partie fasse compensation.

PIERRE.

Si tu jettes dans la rivière un débris d'assiette de porcelaine, il s'enfoncera ; mais si tu poses une tasse sur l'eau, elle flottera ; c'est pourtant la même substance.

PAULIN.

Mais les navires ne sont pas vides ! Outre les matelots et les passagers, il y a toutes sortes de choses à bord, même parfois des canons qui sont fort lourds.

PIERRE.

Laisse-moi achever l'explication. Si tandis que la tasse flotte j'y verse de l'eau, nous la verrons continuer de flotter tant que le niveau de l'eau qu'elle renferme sera au-dessous du niveau de l'eau sur laquelle elle surnage, attendu qu'elle contiendra encore assez d'air pour peser moins qu'un volume d'eau égal au sien.

THÉRÈSE.

Je vois où tu veux en arriver. Dans un navire, les matériaux pesants et l'air qui le remplissent forment un poids moyen moindre que le poids d'un même volume d'eau. C'est toujours l'histoire de mes canards.

GEORGES.

Et un navire cuirassé peut flotter tout comme un simple bateau de bois, grâce aux cloisons étanches, qui sont de solides vessies natatoires.

JUVATTE.

Je n'ai donc pas besoin de vous dire pourquoi flottent ces *bébés de porcelaine*, ces *cygnes*, ces *poissons*, qu'on donne aux petits enfants pour s'amuser dans le bain.

THÉRÈSE.

Que d'applications a reçues ce PRINCIPE D'ARCHIMÈDE !

JUVATTE.

Il y en a bon nombre d'autres fort intéressantes ; nous ne faisons qu'énumérer celles dont vous pouvez trouver ici la justification.

PAULIN.

Est-ce que les *cerfs-volants* que je vois là, pendus à la muraille, se maintiennent aussi dans l'air en vertu de la même loi?

PIERRE.

Oh! non, car le *cerf-volant* est bien plus lourd que le même volume d'air qu'il déplace.

JUVATTE.

C'est à un principe de mécanique qu'il faut demander la théorie de ce JOUET.

PAULIN.

Nous avons souvent, Pierre, Georges et moi, enlevé des *cerfs-volants* sans savoir qu'il y avait de la mécanique là dedans. C'est nous qui les construisons et nous ne mettons point de machine à l'intérieur.

MOI.

Mon ami veut dire que, pour comprendre dans quelles conditions le *cerf-volant* s'élève dans les airs et s'y maintient, il faudrait posséder quelques notions théoriques sur la composition des forces et des mouvements.

CERF-VOLANT.

JUVATTE.

Vous pouvez toujours risquer une explication familière de ce terrible PARALLÉLOGRAMME DES FORCES, appliqué au *cerf-volant*.

PAULIN.

En serons-nous après cela plus adroits?

PIERRE.

C'est possible.

MOI.

Nous n'avons donc à vous apprendre ni comment on construit un *cerf-volant* ni comment on l'enlève.

GEORGES.

Nous sommes ferrés là-dessus. On l'enlève en courant contre le vent, en lui donnant de la ficelle à mesure qu'il monte, et lui en retirant à mesure qu'il descend.

PAULIN.

Oui, quand tout va bien et que le vent ne s'avise pas de passer au travers du *cerf-volant* comme les écuyères à travers leur tonneau de papier. Alors, quelle déconfiture!

MOI.

Le *cerf-volant* est maintenu en l'air par l'équilibre de trois forces : 1° le *vent*, agissant perpendiculairement à sa surface ; 2° le *poids* de l'appareil, agissant suivant la verticale ; 3° la *tension* de la ficelle, agissant obliquement. Il en résulte que le *cerf-volant*, sollicité par ces trois forces, n'obéit complètement ni à l'une ni à l'autre.

THÉRÈSE.

Il en est ainsi quand on est tiraillé de différents côtés.

MOI.

Si Pierre et Georges veulent bien suivre ma petite démonstration, à l'aide de la figure que je trace sur cette planche, ils pourront comprendre comment se résout ce problème, beaucoup plus facile que vous ne vous l'imaginez.

LE CERF-VOLANT CREVÉ.

Soit V la direction du vent. C'est une force qui, suivant la règle, ne peut agir sur une surface oblique qu'en se décomposant en deux autres : l'une, parallèle à la surface, est de nul effet; l'autre, XO, perpendiculaire à la surface, agit seule effectivement.

Le *cerf-volant*, sous l'impulsion de cette force qui le soulève, prendrait la direction OY, si la ficelle ne le tirait dans un autre sens OM. Donc, sollicité par deux forces, il ne peut

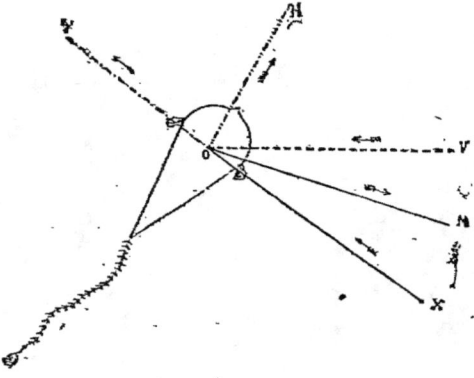

obéir particulièrement ni à l'une ni à l'autre et il monte dans une direction intermédiaire OH.

Dès que le poids du cerf-volant et de la corde sera égal à la force du vent, il n'y aura plus ascension, mais station dans l'air.

GEORGES.

On peut arriver à comprendre cela sans se casser la tête.

CHAPITRE V

TIRE-PAVÉ. — CHÈVRE ET VACHE LAITIÈRES. — BÉBÉ TÉTEUR. — BOUTEILLE ENCHANTÉE. — ENTONNOIR MAGIQUE. — PRESSION ATMOSPHÉRIQUE. — CANONNIÈRE AÉRO-PROJECTILE. — CANON DE LA PAIX. — FUSIL A VENT. — SARBACANE. — APPLICATIONS DIVERSES DE L'AIR COMPRIMÉ EMPLOYÉ. COMME FORCE MOTRICE.

THÉRÈSE.

J'aperçois là un JOUET peu élégant et peu compliqué : une simple planchette sur laquelle repose un disque de cuir fixé par son milieu à une ficelle.

JUVATTE.

C'est le *tire-pavé*, autrefois très connu du gamin de Paris et quelque peu oublié depuis que le nombre des JOUETS s'est multiplié.

PAULIN.

Voyons ce *tire-pavé*.

JUVATTE.

Je laisse tomber à terre la planchette sur laquelle je pose ce disque de cuir souple, bien à plat, afin que l'adhérence du cuir et du bois soit aussi grande que possible. Je tire d'abord doucement la ficelle, le cuir se bombe, mais les bords restent adhérents à la planche que je puis soulever et balancer sans qu'elle se détache.

PAULIN.

Elle est donc collée au cuir?

MOI.

Pas du tout. Le cuir, soulevé par son milieu, s'est bombé sans laisser pénétrer l'air dans la cavité qui s'est formée en dessous. Or la PRESSION ATMOSPHÉRIQUE agissant extérieurement sur la planchette et sur le cuir les unit assez énergiquement pour que l'effort de la ficelle soit impuissant à les séparer.

THÉRÈSE.

Je ne vois pas de raison pour que ce JOUET s'appelle *tire-pavé*.

JUVATTE.

Ce nom vient de ce que les garçons s'amusent parfois à soulever ainsi des pierres à l'aide d'un petit appareil qu'ils

construisent eux-mêmes. Seulement, comme le cuir qu'ils emploient n'a pas toujours la souplesse voulue, ils sont obligés de le mouiller pour l'amollir et lui permettre de suivre toutes les petites inégalités de la surface de la pierre.

MOI.

Retenez bien surtout que l'eau n'a ici d'autre rôle que d'assouplir le *tire-pavé* et d'assurer l'adhérence.

JUVATTE.

En effet, les mouches que vous voyez se promener au plafond n'ont pas besoin de mouiller leurs pattes pour s'y fixer.

PATTE DE MOUCHE.

GEORGES.

Comment donc peuvent-elles rester ainsi la tête en bas?

MOI.

C'est que leurs pattes sont munies de petites membranes

analogues au *tire-pavé*. Les sangsues et les poulpes adhèrent aux corps auxquels ils veulent s'attacher à l'aide de ventouses semblables.

PIERRE.

J'ai vu appliquer par un médecin des ventouses sur la peau d'un malade avec une espèce de verre à liqueur dans lequel il faisait le vide, et qui restait solidement fixé au corps. C'était, je le vois bien, la PRESSION ATMOSPHÉRIQUE qui l'y maintenait.

GEORGES.

C'est compris. Le phénomène du *tire-pavé* nous est expliqué.

MOI.

C'est le même phénomène que dans les *hémisphères de Magdebourg*.

PIERRE.

Oui, je sais. Ce sont deux calottes métalliques dont les bords plats et enduits de suif joignent parfaitement. Rien n'est plus facile que de les détacher l'une de l'autre. Mais si, après les avoir superposées, on visse sur la machine pneumatique le robinet dont l'une d'elles est munie et qu'on fasse le vide à l'intérieur, on ne peut plus les séparer. Les deux hémisphères semblent soudés et pourtant ils ne sont maintenus que par la PRESSION ATMOSPHÉRIQUE.

HÉMISPHÈRES
DE MAGDEBOURG.

JUVATTE.

Tenez, mademoiselle Thérèse, voici une gentille petite *chèvre* qui m'a tout l'air d'avoir soif. Il me suffit de plonger son museau dans cette tasse d'eau pour qu'elle boive.

PAULIN.

Comment peut-elle boire puisqu'elle n'est pas vivante?

JUVATTE.

Cette *vache* que voici est bien plus grosse, aussi va-t-elle boire davantage.

PAULIN.

Oh! la gourmande, elle a tout bu.

JUVATTE.

Si au lieu d'eau vous donniez du lait à la *chèvre* et à la *vache*, vous n'auriez qu'à les traire pour qu'elles vous le restituent.

PIERRE.

C'est bien étonnant.

JUVATTE.

Et ce *bébé téteur?* Le voilà qui a vidé son biberon.

GEORGES.

Expliquez-nous cela.

JUVATTE, riant.

Je dois donc vous dire tous mes secrets?

Sachez alors que la *chèvre* et la *vache* ont à l'intérieur du corps, et le *bébé* à l'intérieur de la tête, une poire de caoutchouc qu'on aplatit en tirant un cordon dissimulé dans la queue des animaux ou dans la chevelure de l'enfant. L'air se trouvant ainsi chassé, on met le museau des *bêtes* ou la bouche du *bébé* en communication avec le liquide. On lâche le cordon et le liquide, poussé par la PRESSION ATMOSPHÉRIQUE, monte par un tube affleurant les lèvres dans la poire de caoutchouc qui s'est dilatée.

PIERRE.

Absolument comme l'eau monte dans les pompes quand, à l'aide du piston, on y fait le vide.

JUVATTE.

Un autre cordon correspondant avec le pis des animaux fait ensuite couler le liquide dans le vase où l'on prétend le traire.

Quant au *bébé*, il n'a rien de mieux à faire qu'à restituer son lolo au biberon, ce qu'il s'empresse de faire quand on tire la cordelette voulue.

THÉRÈSE.

On voit aux étalages des magasins de JOUETS de ces gros *bébés*-là. Il me semble toujours que je vais les voir remuer leurs petits pieds roses tant ils ont l'air naturel.

JUVATTE, prenant sur un rayon un plateau chargé d'une bouteille entourée de petits verres.

La *chèvre*, la *vache*, le *bébé*, doivent par leur exemple vous avoir fait venir l'eau à la bouche. D'ailleurs, depuis le temps que nous bavardons, nous avons bien le droit de nous réconforter.

Mademoiselle Thérèse, que vais-je vous offrir? de la fleur d'oranger, de l'angélique, de la crème de moka, de l'anisette ou du cassis?

THÉRÈSE.

Vous me donnez le choix et cependant je ne vois qu'une seule bouteille.

PAULIN.

Dis toujours.

THÉRÈSE.

Hé bien! donnez-moi de la fleur d'oranger.

JUVATTE.

Et à vous, messieurs ?

PAULIN.

De la crème de moka !

GEORGES.

De l'anisette !

PIERRE.

Du cassis !

MOI.

Je choisis l'angélique puisqu'il ne reste plus que cela.

JUVATTE.

Ma bouteille n'est pas dite *inépuisable* pour rien. Choisissez ce que vous voudrez. Je puis même vous servir un mélange des liqueurs que vous préférerez.

THÉRÈSE, buvant.

Mais c'est de la vraie fleur d'oranger !

PAULIN.

Et de la vraie crème de moka !

GEORGES.

Et de la vraie anisette !

PIERRE.

Et du vrai cassis ! Décidément M. Juvatte est sorcier,

THÉRÈSE.

Encore un secret à nous révéler.

JUVATTE.

Cette prétendue *bouteille enchantée* en renferme cinq autres remplies des différentes liqueurs que je vous ai offertes.

Chacune des cinq bouteilles communique avec l'air extérieur par un petit trou que je puis boucher avec un de mes doigts. Lorsqu'on me demande d'une liqueur, je découvre le trou correspondant à la fiole qui le contient et la liqueur s'écoule.

Si l'on me demande un mélange de deux ou trois liqueurs,

BOUTEILLE ENCHANTÉE.

je dégage deux ou trois trous et le mélange coule dans le verre. Ce n'est pas plus difficile que ça.

PIERRE.

C'est la PRESSION ATMOSPHÉRIQUE qui joue le rôle de prestidigitateur.

JUVATTE.

Nous allons la voir opérer encore dans cet *entonnoir magique.*

Je commencerai par vous faire remarquer que l'appareil est à doubles parois et forme en réalité deux entonnoirs superposés.

Celui de dessous étant rempli de vin, le liquide, maintenu par

ENTONNOIR MAGIQUE.

la PRESSION ATMOSPHÉRIQUE qui s'exerce à la partie inférieure du tube effilé, ne s'écoulera pas tant que je fermerai avec mon

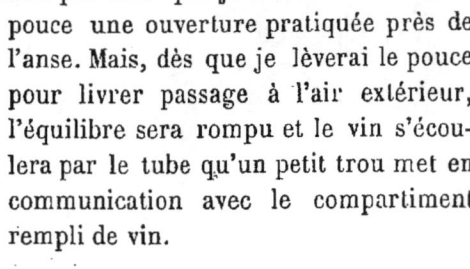

pouce une ouverture pratiquée près de l'anse. Mais, dès que je lèverai le pouce pour livrer passage à l'air extérieur, l'équilibre sera rompu et le vin s'écoulera par le tube qu'un petit trou met en communication avec le compartiment rempli de vin.

MOI.

La *pipette* des marchands de vin est encore une application de ce principe.

JUVATTE.

On peut compliquer ce tour de physique amusante comme celui de la bouteille, en remplissant d'eau l'entonnoir

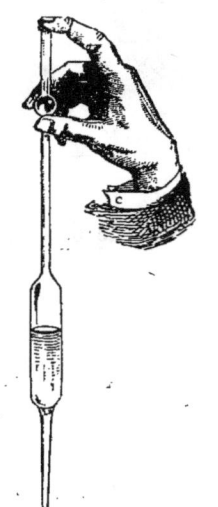

PIPETTE.

supérieur et verser à volonté de l'eau pure ou de l'eau rougie.

PAULIN.

Est-ce drôle qu'on puisse s'amuser en faisant de la science !

THÉRÈSE.

Ce n'est pas plus drôle que de faire de la science en s'amu-sant.

PAULIN.

Tiens, qu'est-ce que ce tube de verre dont les deux extré-mités ont une garniture de cuivre?

GEORGES, prenant le jouet.

On ferme un côté du tube avec ce bouchon que retient une ficelle et de l'autre on introduit ce piston pour faire sauter le bouchon.

PAULIN.

Ah! je comprends; c'est une *canonnière*. J'espère que ça fait du tapage. Mais voilà qui est curieux : le bouchon avait sauté avant que le piston l'eût poussé dehors.

PIERRE.

Par la bonne raison que ce n'est pas le piston qui fait sau-ter le bouchon, mais bien l'air pressé entre le piston et le bouchon.

MOI.

En effet, l'air, qui au rebours de l'eau est éminemment compressible, acquiert une force élastique d'autant plus grande que la pression qu'il supporte est plus considérable. C'est là une conséquence d'une loi physique connue sous le nom de LOI DE MARIOTTE, formulée ainsi : *Le volume des gaz est en raison inverse de la pression qu'ils supportent.*

Ce qui veut dire qu'un gaz qui subit une pression double, triple, quadruple, est réduit à un volume deux fois, trois fois quatre fois moindre et qu'en conséquence sa force d'expansion est doublée, triplée, quadruplée.

Donc, quand l'air renfermé dans le tube est réduit à un volume qui lui donne la force élastique capable de vaincre la résistance qu'oppose le bouchon fermant plus ou moins fortement le tube, il chasse ce bouchon avec plus ou moins de violence.

JUVATTE.

Ce JOUET est évidemment dû à l'industrie des enfants qui autrefois n'avaient pas la vie aussi facile qu'aujourd'hui et étaient plus livrés à eux-mêmes. Ils savaient très bien se fabriquer des JOUETS que le commerce ne leur livrait pas encore.

Ils se procuraient des *canonnières* tout aussi amusantes que les nôtres, dont une branche de sureau coupée dans la campagne faisait tous les frais. Après l'avoir soigneusement évidée, ils la chargeaient de boulettes d'étoupes ou de papier mâché qu'ils chassaient avec un bâton introduit dans le tube de sureau plus ou moins bien calibré.

Ce JOUET solide et économique pouvait devenir une arme à l'occasion.

PIERRE.

Je ne sais trop si je dois avouer devant mon oncle que nous improvisons en classe des *canonnières* plus simples encore : une plume d'oie nous suffit.

Avec les deux extrémités du tuyau de plume, nous enlevons, à l'emporte-pièce, deux bourres dans un rond de carotte. Nous n'avons plus qu'à pousser l'une d'elles avec un bout d'allumette pour comprimer l'air intérieur et lancer le projectile qui va frapper au loin la joue d'un camarade, dont les cris et les plaintes causent un petit scandale, une manière de diversion.

GEORGES.

Ce n'est pas nommé pour rien une *canonnière*. On se bat

trait joliment dans la cour du lycée si l'on nous laissait faire la petite guerre à notre aise.

MOI.

C'est une arme plus dangereuse que vous ne l'imaginez, et cette *canonnière* soi-disant inoffensive a causé plus d'un accident.

JUVATTE.

Aussi, comme c'est surtout le bruit, la *détonation* qui cnarme l'enfant, on peut avantageusement substituer à l'*aéro-projectile* le *canon de la paix*. C'est, comme vous le voyez, un tube de métal dans lequel un piston glisse à frottement doux.

Quand le piston est ramené au commencement de sa course, on pose un morceau de papier à l'autre extrémité et l'on baisse le couvercle annulaire qui fixe et maintient le papier.

L'air intérieur étant alors de plus en plus comprimé à l'aide du piston, acquiert bientôt une force élastique capable de vaincre la PRESSION ATMOSPHÉRIQUE. Le papier, crevé soudainement, laisse échapper du *canon de la paix* l'AIR COMPRIMÉ dont le bruit formidable ne fait de mal qu'aux oreilles trop sensibles.

PAULIN.

Moi, j'en fais autant en soufflant dans un sac de papier que je gonfle bien et que j'écrase ensuite contre ma main gauche. Boum!

THÉRÈSE, riant.

On pourrait appeler ces armes-là des *fusils à vent.*

MOI.

Ce nom a été réservé à une arme autrement dangereuse. On a inventé une *arquebuse à vent* qui a été réellement en usage au seizième siècle. Cette arme est aujourd'hui reléguée dans les cabinets de physique où elle sert à démontrer la puissance de L'AIR COMPRIMÉ employé comme force motrice.

PIERRE.

Comment chargeait-on cette arquebuse?

MOI.

Il fallait, avec une pompe de compression qui souvent faisait partie intégrante de l'arme, comprimer l'air à l'intérieur de la

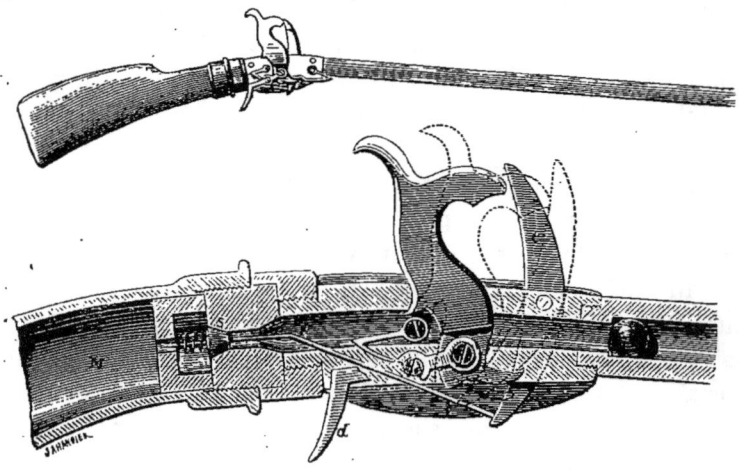

FUSIL A VENT — VUE ET COUPE.

crosse de métal. La crosse communiquait avec le canon du fusil par un orifice muni d'une soupape qui s'ouvrait lorsqu'on appuyait sur la détente.

L'air, comprimé à huit ou dix atmosphères, s'échappant alors de la crosse par petites quantités, chassait la balle hors du canon. Cette balle était aussitôt remplacée par une autre qu'un réservoir à robinet amenait dans la culasse. L'arme se rechargeait ainsi d'elle-même, mais, à mesure que l'AIR COMPRIMÉ se détendait, la force de projection allait s'affaiblissant et l'on était obligé de recourir souvent à la pompe de compression

GEORGES.

Je conçois que l'on ait abandonné cette arme-là; c'était trop long, trop difficile à charger; la poudre est plus commode et plus expéditive.

PIERRE.

Je vois là-haut une *sarbacane* qui me paraît être un fusil à vent d'une extrême simplicité.

MOI.

En effet. L'air, comprimé dans les poumons et soufflé violemment dans la *sarbacane*, chasse le projectile, qui doit être en rapport parfait avec le calibre du tube.

PIERRE.

Cela se comprend. Si le projectile était trop à l'aise, une partie de l'air insufflé n'agirait pas utilement et, s'il était trop serré, il y aurait à vaincre, outre l'inertie du projectile, le frottement qu'il éprouverait.

THÉRÈSE.

La *sarbacane* ne peut être qu'un JOUET; ce n'est pas là une arme sérieuse.

MOI.

Quelle erreur, ma nièce! Bon nombre de sauvages, intelligents chasseurs, n'emploient pas d'autres armes pour se procurer le gibier qui les tente.

C'est à l'aide de la *sarbacane* que les affreux Papous vont chasser les oiseaux rares que les belles dames du monde civilisé portent fièrement sur leurs chapeaux. Le Papou à l'affût n'a pas plutôt aperçu l'objet de sa convoitise, qu'il souffle dans sa *sarbacane* chargée d'une boulette d'argile et l'oiseau, étourdi d'un coup qui ne gâte pas son plumage, tombe aux pieds de son ennemi.

Les Indiens Taïrouas armés de leurs *sarbacanes*, longues d'au moins trois mètres, s'attaquent au tapir, au pécari et même à la panthère.

PAULIN.

Quoi! ils tuent ces grosses bêtes-là à coups de boulettes d'argile?

MOI.

Oh! non. Cette fois le projectile est plus sérieux. La bourre est armée d'une petite flèche de bambou enduite de *curare*, poison d'une extrême violence qui amène presque instantanément la mort de l'animal piqué.

GEORGES.

Je conçois très bien que l'AIR COMPRIMÉ doué d'une extrême élasticité chasse le projectile qu'il rencontre en reprenant soudainement son volume primitif, mais dans les armes à feu, comment la poudre chasse-t-elle la balle? En quoi consiste sa force?

MOI.

La balle est lancée en vertu du même principe : par la force élastique d'un gaz qu'engendre instantanément l'inflammation de la poudre.

PIERRE.

Est-ce à dire que la force motrice du gaz serait d'autant moins énergique que le gaz se formerait plus lentement?

JUVATTE.

Assurément. C'est l'instantanéité de la formation du gaz qui en constitue la puissance.

MOI.

Déjà le passage soudain d'un liquide à l'état de gaz, de vapeur, engendre une force élastique considérable.

INDIEN TAÏBOUA ARMÉ DE LA SARBACANE.

Si vous versez une goutte d'eau sur une plaque de fer rouge, vous la voyez immédiatement prendre la forme globulaire, tournoyer et courir librement. Quand la température de a plaque s'abaisse jusqu'à un certain point, la goutte d'eau se réduit instantanément en vapeur.

Maintenant si vous vouliez vous faire une idée de la force élastique de cette vapeur soudainement produite, vous pourriez vous servir d'un flacon de fonte disposé tout exprès pour cette expérience. Vous en faites rougir le fond, vous y projetez une goutte d'eau qui roule et tournoie, vous bouchez le flacon et le retirez du foyer. Le refroidissement amène la vaporisation instantanée de la goutte d'eau et le bouchon est lancé en l'air avec violence.

Vous saurez par là comprendre la force d'expansion, d'impulsion de la poudre qui, par l'inflammation, passe sans transition de l'état solide à l'état gazeux.

PIERRE.

L'analogie est facile à saisir. L'air qui a été fortement comprimé, reprenant subitement son volume primitif, chasse la balle ou la bourre. Ainsi fait le gaz instantanément engendré par la poudre.

JUVATTE.

Si vous voulez avoir une idée de l'action développée par le gaz instantanément engendré par la poudre, vous n'avez qu'à allumer la mèche de ce petit *canon de campagne.*

GEORGES.

Voilà un JOUET qui m'amuserait encore.

PAULIN.

Oh! mon oncle, mon oncle, emportons ce joli *canon.*

JUVATTE.

Oui, mais soyez prudents, ne forcez point la charge, car le *canon* pourrait bien se changer en projectile.

PETIT CANON DE CAMPAGNE.

PAULIN.

Soyez tranquille. Nous n'avons pas envie de nous éborgner.

JUVATTE.

Je vous montrerai plus tard, quand nous examinerons les JOUETS mécaniques, comment nous avons utilisé la force motrice de L'AIR COMPRIMÉ.

MOI.

Vous pensez bien que l'industrie s'est vite emparée de la force motrice que fournit L'AIR COMPRIMÉ. Elle l'a employée dans le percement de longs tunnels comme ceux du mont Cenis et du mont Saint-Gothard, qui ont 12 et 15 kilomètres de longueur. La vapeur étant un moteur dangereux et incommode dans ces galeries souterraines, on a construit, pour le déblaiement des débris et le transport des matériaux, des locomotives marchant par L'AIR COMPRIMÉ.

JUVATTE.

Inutile d'aller chercher des applications exceptionnelles ;
nous avons tout près de nous, à Paris, la *poste pneumatique*,

qui nous envoie des dépêches enfermées dans un *piston-cha-*

PISTON-CHARIOT ET BOITE À DÉPÊCHES DE LA POSTE PNEUMATIQUE.

riot voyageant, d'une station à une autre par la force de L'AIR

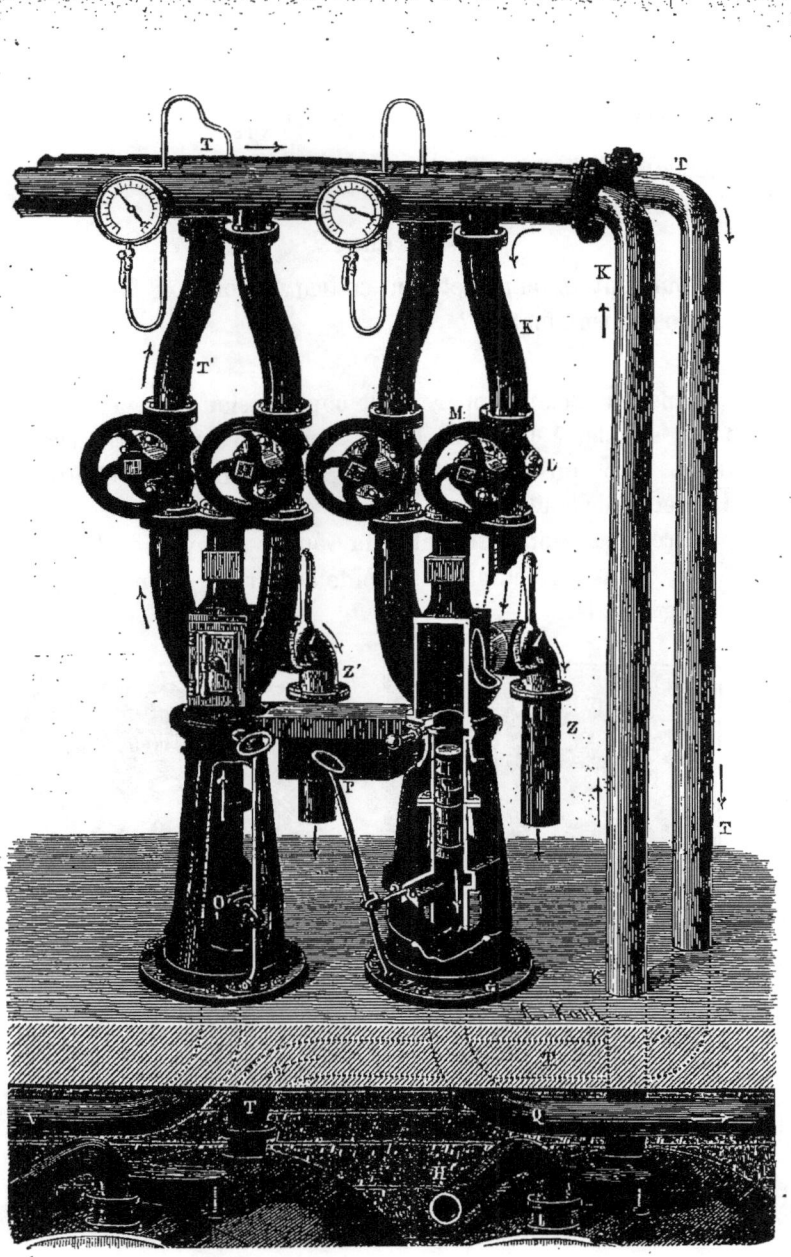

POSTE PNEUMATIQUE. — APPAREIL D'ENVOI ET DE RÉCEPTION DES DÉPÊCHES
A LA STATION CENTRALE.

COMPRIMÉ, à l'intérieur d'un tube suspendu à la voûte des égouts.

THÉRÈSE.

Comment obtenir cet AIR COMPRIMÉ dont on fait une si grande consommation?

MOI.

Dans les anciens appareils, la compression s'obtenait d'une façon simple, à l'aide de la pression de l'eau des réservoirs de la ville qui équivaut en certains lieux à une chute de 15 mètres de hauteur.

Récemment, on a substitué la vapeur au système hydraulique, ce procédé étant plus rapide et surtout d'une pratique plus générale.

CHEMIN DE FER ATMOSPHÉRIQUE DE NEW-YORK.

PIERRE.

Est-ce que les Américains ne se sont pas avisés de faire voyager les individus dans un *wagon-piston* comme on fait voyager les dépêches?

LOCOMOTIVE A AIR COMPRIMÉ.

MOI.

Parfaitement. Mais il faut avouer que ces singuliers *chemins de fer atmosphériques* sont plus étranges que pratiques.

GEORGES.

Je tremble en pensant qu'un *train atmosphérique* pourrait, faute de pression suffisante, rester en détresse au milieu du tube.

HORLOGE RÉCEPTRICE DE L'HEURE PNEUMATIQUE A PARIS

JUVATTE.

On en serait quitte avec quelques moments d'ennui jusqu'à

ce qu'une nouvelle pression fasse démarrer le train; ce qui ne tarderait guère, car les machines soufflantes chargées de faire marcher les *trains pneumatiques* compriment dans le tunnel 3000 mètres cubes d'air par minute.

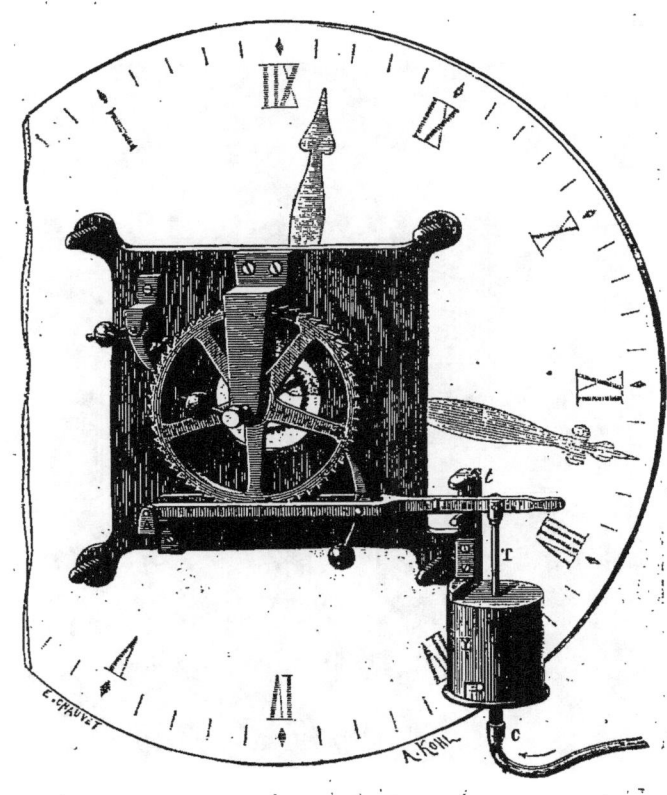

MÉCANISME DE L'HORLOGE.

PAULIN.

Tout devient *pneumatique*. On n'entend plus parler que de cela : *freins pneumatiques*, *sonnettes pneumatiques*, *horloges pneumatiques*.

THÉRÈSE.

C'est vrai, c'est maintenant L'AIR COMPRIMÉ qui nous distribue l'heure dans Paris. Il faut avouer que ces *horloges pneumatiques* sont une jolie invention, fort utile et fort commode.

FONDATION DES PILES D'UN PONT PAR L'AIR COMPRIMÉ.

PIERRE.

N'est-ce pas aussi en comprimant l'air dans des caissons disposés au fond d'une rivière qu'on refoule l'eau pour que les ouvriers occupés aux fondations des piles d'un pont puissent travailler à sec?

GEORGES.

Et le même procédé est employé pour alimenter d'air les *cloches à plongeur* et les *scaphandres*.

CLOCHE A PLONGEUR ET SCAPHANDRE

THÉRÈSE.

Comment les ouvriers peuvent-ils travailler dans cet AIR COMPRIMÉ?

JUVATTE.

Plus facilement, paraît-il, que nous ne pouvons le croire ; on prétend qu'ils en sont quittes pour des bourdonnements d'oreilles.

PIERRE.

Il ne faut pas oublier de dire que c'est encore L'AIR COMPRIMÉ qui joue le principal rôle dans le vulgaire *soufflet*.

MOI.

Cet ustensile n'est pour ainsi dire qu'une pompe à air aspirante et foulante. En écartant les deux parois mobiles on fait le vide, et l'air entre dans le *soufflet* par le clapet de cuir qui s'ouvre du dehors en dedans. En les rapprochant, on comprime l'air pour le refouler vers le foyer qu'il alimente.

Les machines soufflantes mues par la vapeur ne produisent pas un autre effet.

JUVATTE.

Toutes ces applications plus ou moins difficiles à comprendre peuvent avoir fatigué votre attention et je crois qu'il serait à propos de la reposer.

Si vous voulez, nous remettrons la suite de notre inspection à une autre séance. Rappelez-vous que mon *Musée*, ou si vous l'aimez mieux mon magasin, est toujours ouvert pour vous. Revenez donc quand vous pourrez et quand vous voudrez.

GEORGES.

Merci bien, monsieur Juvatte ; soyez sûr que nous ne tarderons guère.

DEUXIÈME JOURNÉE

CHAPITRE VI

JOUETS MÉCANIQUES. — VOITURES. — LOCOMOTIVES. — BATEAUX. — MOTEURS ANIMÉS ET INANIMÉS. — PANTIN. — SPIRIFÈRE. — CORDES. — LEVIERS ET HÉLICE. — BATEAU A VAPEUR ATMOSPHÉRIQUE. — POUPÉE NAGEUSE. — ANIMAUX SAUTEURS. — POUPÉE PARLANTE.

Le lendemain de Noël les enfants ne me laissèrent pas de repos que je n'eusse consenti à les conduire chez mon vieil ami, qui était devenu le leur. Nous partîmes donc tous les cinq après le déjeuner pour la rue Vieille-du-Temple où Juvatte nous reçut avec un plaisir manifeste qui rendait encore plus avenante sa rondeur accoutumée.

GEORGES.

Vous voyez, monsieur Juvatte, que nous ne nous soucions guère de paraître indiscrets.

JUVATTE.

Soyez les bienvenus, mes jeunes amis, je ne redoute qu'une chose, c'est de voir arriver le terme de nos joyeuses causeries.

THÉRÈSE.

Oh! nous ne sommes pas ingrats, et après être venus d'abord par curiosité, nous reviendrons par sympathie.

JUVATTE.

Merci, merci, chers enfants. Venez par ici. Nous allons faire aujourd'hui une petite excursion dans le domaine de la mécanique.

COUPÉ.

PAULIN.

Oh ! les gentilles *voitures !*

PIERRE.

On se croirait au Bois, tour du lac, en voyant ces belles dames enfermées dans leurs *coupés* et leurs *berlines*, ces

LANDAU.

élégantes nonchalamment étendues dans leurs *landaus*, ces gentlemen juchés sur leurs *araignées* qu'ils conduisent eux-mêmes.

JUVATTE.

Les *chevaux* tout harnachés peuvent être séparés de la *voiture* pour laisser à l'enfant le plaisir de les atteler et ajouter à l'illusion.

L'équipage est prêt; je le mets à terre, le voilà parti!

PAULIN.

Les *chevaux* ne remuent pourtant pas les jambes.

JUVATTE.

Cette fois ce ne sont pas les *chevaux* qui tirent la *voiture*, c'est la *voiture* qui pousse les chevaux. Qu'importe! les enfants n'y regardent pas de si près, et nous n'aurions vraiment

BERLINE.

pas besoin de mettre tant de luxe et tant de perfectionnement dans nos JOUETS.

Est-ce que l'enfant de l'ouvrier qui traîne au bout d'une ficelle sa méchante petite *voiture* attelée d'un grossier *cheval de carton* n'a pas autant de plaisir et d'illusion que l'enfant riche jouant avec son luxueux attelage? N'est-il pas persuadé que son *cheval* est vivant, qu'il marche, que sa *carriole* charrie *pour de bon* le sable et les cailloux dont il l'a chargée?

GEORGES.

Bien mieux! est-ce que trois chaises couchées sur le parquet et assemblées par des ficelles ne figurent pas souvent un attelage fougueux, emportant les voyageurs à fond de train?

THÉRÈSE.

J'ai encore vu Paulin perché dans son fauteuil de baby, représentant le siège d'un tramway, fouettant pendant des heures entières des chevaux imaginaires.

PAULIN.

Ça m'amusait vraiment, et quand j'imitais le bruit du cornet pour avertir les voitures de se garer, je voyais des embarras et des encombrements qui n'existaient que dans mon imagination.

JUVATTE.

Tous les enfants ne sont pas de si bonne composition. Le luxe envahit tout et nous sommes obligés de sacrifier au dieu du jour.

THÉRÈSE.

Ce n'est pas moi qui m'en plaindrai.

JUVATTE.

Si vous tenez à avoir une illusion encore plus complète, posez sur le plancher cette *locomotive*. Ne dirait-on pas une réduction des grosses machines qui traînent les longs convois de chemins de fer?

PAULIN.

Elle est bien jolie cette petite *locomotive*, et comme elle file sous la surveillance de son mécanicien!

JUVATTE.

Vous pouvez y accrocher tous ces *wagons* de première classe. ils ralentiront sa marche, mais ne l'arrêteront pas.

PAULIN.

A la bonne heure. (Imitant le bruit de la locomotive.) Chu !
chu ! chu ! chu ! chu !

LOCOMOTIVE.

JUVATTE.

Voici un *bateau* soi-disant à vapeur qui conviendrait mieux
à votre âge. Quand on l'a mis en action, on n'a plus qu'à le
poser sur l'eau, où il navigue superbement.

PIERRE.

Quel est le mécanisme qui remplace l'effort des chevaux
et la force de la vapeur dans les *voitures*, la *locomotive* et
le *bateau* que nous venons de voir?

JUVATTE.

Le mécanisme qui donne le mouvement à ces JOUETS comme
à la plupart des JOUETS MÉCANIQUES que je vais vous montrer
est des plus simples. C'est toujours à peu près la même
chose : un *moteur* qui crée le mouvement, des éléments, des
organes, qui le transmettent aux différentes pièces.

MOI.

Tout le monde sait sans l'apprendre que les corps qui ne

sont pas vivants ne se mettent en mouvement que quand ils sont sollicités, tirés ou poussés par des forces quelconques. Ces forces sont fournies par un petit nombre d'agents qu'on appelle MOTEURS.

Pourriez-vous m'en citer quelques-uns parmi les plus vulgaires, en commençant par les MOTEURS VIVANTS?

MOTEURS ANIMÉS. — SCIEURS DE LONG.

GEORGES.

L'*homme*, d'abord, dans maints travaux. Puis, un grand nombre d'animaux : les *chevaux*, les *bœufs*, les *mulets*, les *ânes*, les *chiens* qui traînent des véhicules ou font tourner des manèges ou des tambours.

MOI.

Et parmi les MOTEURS INANIMÉS?

PIERRE.

Les *cours d'eau* et les *chutes d'eau*.

THÉRÈSE.

Le *vent* qui fait tourner les moulins, pousse les embarcations et les véhicules à voiles.

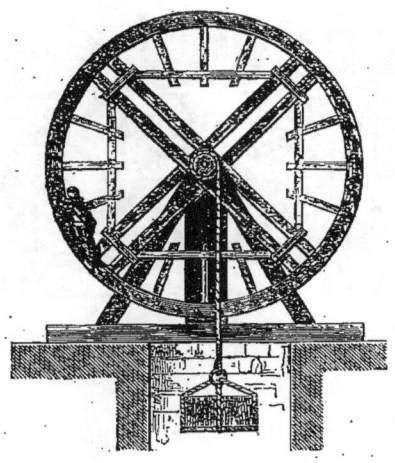

MOTEUR ANIMÉ. — CARRIER FAISANT TOURNER SA ROUE.

PAULIN.

Et la *vapeur* qui fait marcher les bateaux, les locomotives et les machines.

MOTEURS ANIMÉS. — CHEVAUX DE HALAGE.

PIERRE.

Et l'*électricité*.

MOTEUR ANIMÉ. — CHEVAL AU MANÈGE.

MOI.

Et les *poids* qui mettent certains appareils en mouvement et surtout certaines horloges.

MOTEUR ANIMÉ. — ATTELAGE A LA BRUXELLOISE.

GEORGES.

Et le *gaz* dont nous avons vu l'action développée par l'inflammation ou la compression.

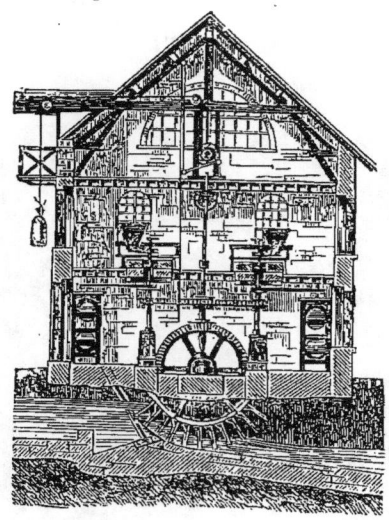

MOTEUR INANIMÉ. — CHUTE D'EAU FAISANT TOURNER UN MOULIN.

MOTEUR INANIMÉ. — LE VENT POUSSE LES VOITURES A VOILES.

JUVATTE.

Dans votre nomenclature, vous avez oublié les *ressorts,*
dont nous faisons un si fréquent emploi.

PAULIN.

En voilà des *moteurs!*

MOTEUR INANIMÉ. — LA FORCE DU VENT.

JUVATTE.

Nous n'avons pas à nous occuper de tous ceux que vous
venez d'énumérer. Le MOTEUR de nos JOUETS est presque toujours un *ressort,* semblable à celui des montres et des pen-
dules. C'est une lamelle d'acier trempé, revenue au bleu et
tournée en spirale.

MOI.

Vous savez que l'acier trempé, étant très élastique, tend à

MOTEUR INANIMÉ, TOUAGE A VAPEUR.

revenir à sa première position quand l'effort qui l'en avait écarté cesse d'agir.

MOTEUR INANIMÉ. — LABOURAGE A LA VAPEUR.

Donc, si l'on enferme dans un tambour en métal appelé *barillet* un ressort fixé par une extrémité au pourtour intérieur, et par l'autre à un axe qu'on fait tourner sur lui-même avec une clef comme quand on remonte une pendule, la spirale du ressort se trouvant ainsi serrée, bandée, tend à se développer et fait tourner le *barillet*. Voilà le mouvement produit par l'élasticité du ressort.

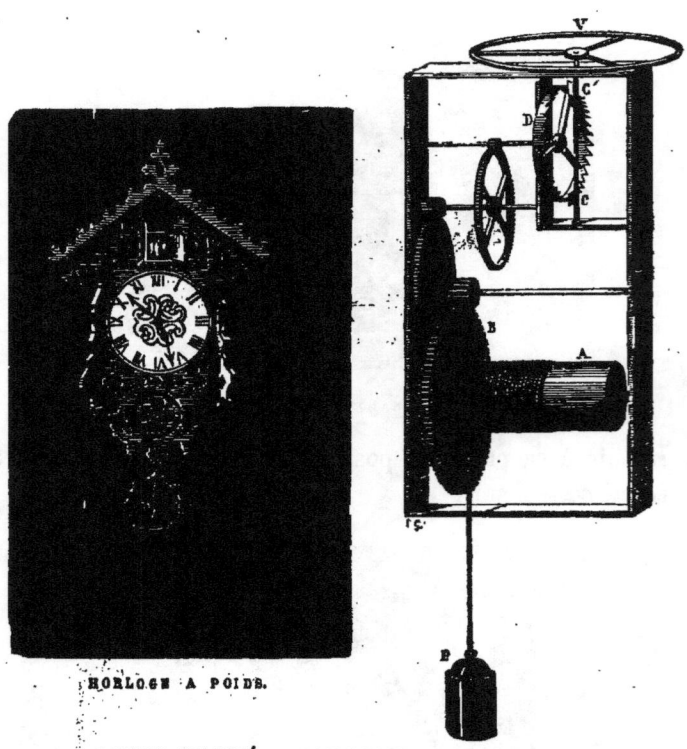

HORLOGE A POIDS.

MOTEUR INANIMÉ. — POIDS MOTEUR DES HORLOGES.

Il n'y a plus qu'à transmettre ce mouvement aux organes qui doivent produire l'effet proposé.

JUVATTE.

Autrefois le mouvement du *barillet* était communiqué par une chaîne s'enroulant autour d'une *fusée*, mais les progrès de l'horlogerie ont fait supprimer cet organe, qui absorbait une grande partie de la force.

Dans nos JOUETS le *barillet* transmet le plus souvent son mouvement par la roue dentée fixée à sa base.

MOI.

Vous avez vu souvent des machines, des instruments, des

RESSORT EN ACIER.

ustensiles, dans lesquels une roue dentée communique son mouvement à d'autres roues également dentées?

PIERRE.

Oui. Les *engrenages* sont des systèmes de roues dentées qui

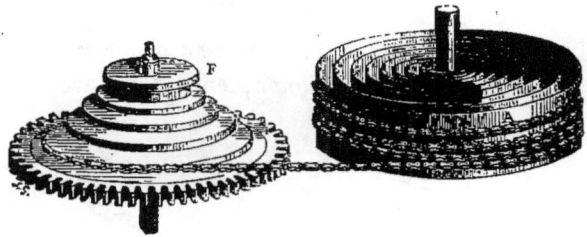

LE BARILLET ET LA FUSÉE.

se transmettent les unes aux autres, avec des vitesses déterminées, le mouvement de rotation imprimé à l'une d'elles.

MOI.

Ces *engrenages*, employés pour multiplier l'intensité de la force et pour modifier la direction ou la vitesse du mouvement, se prêtent à une foule de combinaisons.

THÉRÈSE.

Oh ! mon oncle, aie pitié de moi !

MOI.

Je serai magnanime, ma nièce, et ne dirai rien que tu ne puisses comprendre facilement.

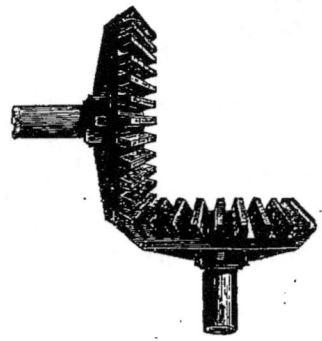
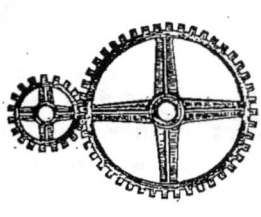

ROUES D'ANGLE.   ROUES DENTÉES.

PIERRE.

La plus petite roue d'un *système d'engrenage* s'appelle *pignon*. Quelquefois ce *pignon*, engrenant avec une barre

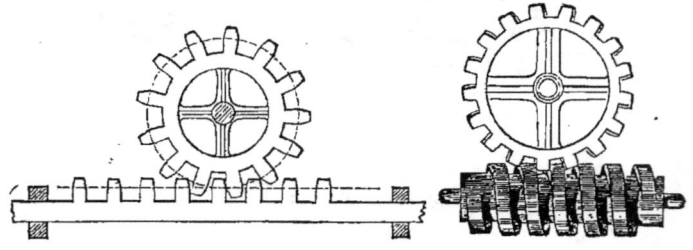

CRÉMAILLÈRE.   VIS SANS FIN.

dentée ou *crémaillère*, transforme le mouvement de rotation en mouvement rectiligne.

Tantôt des roues coniques disposées angulairement donnent des *roues d'angle.*

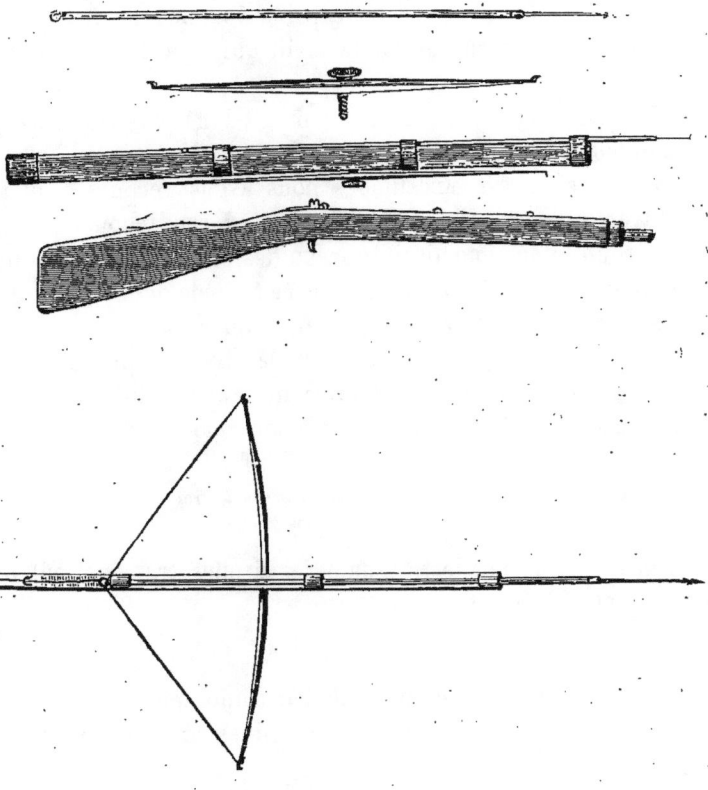

ARBALÈTES POUR LA CHASSE AUX GRENOUILLES.

Tantôt c'est une roue qui fait tourner une *vis sans fin*, ou
une *vis sans fin* qui fait tourner une roue.

J'ai vu tendre les cordes d'une contre-basse à l'aide d'une
vis sans fin. Je commence à me rendre compte des mouvements variés qu'on peut obtenir avec un *ressort* et des *rouages.*

JÜVATTE.

Ou tout bonnement avec un *ressort simple*, comme dans cette ARBALÈTE POUR LA CHASSE AUX GRENOUILLES. La tension du *ressort* suffit pour procurer une force capable de lancer la flèche au loin avec plus de sûreté que la main qui tend la corde d'un *arc*.

C'est encore le même MOTEUR qui agit dans ce *lance-volant*, jeu gracieux destiné à l'appartement.

Dans nos JOUETS MÉCANIQUES nous avons recours à bien d'autres organes. Ainsi, l'élasticité d'un caoutchouc, tendu ou enroulé, nous fournit un MOTEUR des plus simples et nous modifions ensuite le mouvement créé à l'aide de moyens qui ne nous demandent pas grands frais d'imagination.

Généralement, quand nous avons besoin de transmettre le mouvement d'une pièce à une autre, nous avons plutôt recours à la vulgaire ficelle qu'à la classique courroie.

PAULIN, s'emparant d'un *pantin*, s'amuse à tirer la ficelle qui déplace les bras et les jambes.

Ainsi, moi, je suis le MOTEUR et les ficelles transmettent le mouvement.

JUVATTE.

Oui. Ce PANTIN est un appareil peu compliqué dans lequel sont naïvement combinées deux machines simples : la CORDE et le LEVIER.

THÉRÈSE.

Comment? la CORDE est une machine ?

MOI.

Elle a cet honneur. Qui dit *machine* dit tout engin propre à modifier une force, soit en multipliant sa puissance, soit en modifiant sa vitesse ou sa direction. La CORDE qui transmet l'action d'une force à distance ou qui change sa direction à l'aide des poulies est donc une machine.

La CORDE figure au premier rang parmi les machines simples.

JUVATTE.

Regardez ces DEUX CLOWNS sculptés à coups de serpe dans un morceau de bois blanc. Ils tournent autour d'un axe et autour l'un de l'autre quand l'enfant traîne ce JOUET sur le parquet, grâce à la ficelle qui transmet le mouvement des roues à la poulie fixée à l'axe où leurs mains sont enfilées.

MOI.

Outre les CORDES proprement dites, on appelle encore ainsi en mécanique les fils de fer, les chaînes et les courroies.

THÉRÈSE.

Dans ce PANTIN, je vois bien des CORDES, puisqu'on peut donner ce nom aux ficelles, mais je ne vois pas de LEVIERS.

GEORGES.

C'est vrai. Un LEVIER, n'est-ce pas une pince à l'aide de laquelle les ouvriers soulèvent les pierres ?

MOI.

En général le LEVIER est une barre soumise à l'action de deux forces qui tendent à la faire tourner en sens contraire autour d'un de ses points considéré comme fixe et qu'on appelle *point d'appui*.

JUVATTE.

Et vous pouvez voir que les bras et les jambes de ce PANTIN

sont formés de *leviers* articulés qui prennent leur point d'appui l'un sur l'autre.

PAULIN.

Moi, je ne comprends rien à tout cela. Ce que je sais, c'est que je n'ai qu'à tirer la ficelle pour faire gambader le PANTIN ou lui faire faire le grand écart.

JUVATTE.

Je vais vous donner l'exemple le plus simple et le plus ingénieux de l'emploi du LEVIER dans nos JOUETS.

Vous avez tous dû voir un JOUET par trop élémentaire composé d'un vilain bonhomme suspendu par les bras à un fil de fer coudé en manivelle et que soutiennent deux montants en bois. Lorsqu'on tourne la manivelle, ce triste clown fait toujours la même pirouette en jetant en l'air de la même manière ses jambes raides accrochées à son torse informe.

Voyez maintenant ce gracieux gymnasiarque qui exécute tous les exercices du trapèze avec autant de souplesse que d'élégance. Qu'a-t-il fallu pour transformer le joujou grossier qui ne trouvait plus d'amateurs que dans les foires de village en un JOUET des plus charmants ? Il a suffi de faire l'application de ce LEVIER qui, commandant la bielle articulée à la manivelle, fait prendre à ce petit personnage toutes les attitudes que comportent les exercices du trapèze.

PAULIN.

C'est qu'il fait joliment bien la sirène !

THÉRÈSE.

Les mouvements sont si doux et si réguliers qu'on les croirait voulus.

GEORGES.

Maintenant que nous sommes forts en mécanique, ce serait le moment de nous expliquer comment ces gentilles VOITURES roulent sans être traînées par une ficelle, comment le BATEAU et la LOCOMOTIVE marchent sans le secours de la vapeur.

JUVATTE.

Vous et votre frère devez le deviner. Dans les trois cas un ressort, remonté comme celui d'une montre ou d'une pendule, fait, en se détendant, tourner un *barillet* denté qui transmet

PETIT BATEAU GODILLEUR.

son mouvement à l'axe des roues de la VOITURE, de la LOCOMO-TIVE et du BATEAU, soit à l'aide d'un pignon, soit à l'aide d'une vis sans fin.

MOI.

En tournant, les roues de la VOITURE ou de la LOCOMOTIVE avancent, par le frottement sur le sol, d'une distance égale à la longueur de leur circonférence et entraînent ainsi le véhicule qu'elles supportent.

PIERRE.

Le mouvement du BATEAU se comprend aussi bien. Il est

produit par les palettes des roues frappant alternativement l'eau de chaque côté, à peu près comme le feraient des rames.

JUVATTE.

Dans les petits BATEAUX GODILLEURS et RAMEURS que nous construisons, ainsi que dans les POISSONS NAGEURS, nous transformons le mouvement de rotation du barillet en mouvement de va-et-vient à l'aide d'une *manivelle* et d'une *bielle*.

GEORGES.

N'est-ce pas comme dans la meule du rémouleur ? La *bielle* c'est la tige qui, attachée à la pédale que fait mouvoir le pied, fait tourner la *manivelle* de la meule ?

JUVATTE.

Seulement dans le cas dont vous parlez c'est le mouvement alternatif du pied qui se transforme en mouvement de rotation.

GEORGES.

Je comprends. Si le rémouleur faisait tourner sa meule avec la main, la pédale prendrait le mouvement de va-et-vient.

THÉRÈSE.

Mais voici un de vos BATEAUX qui n'a ni roue ni voiles; qu'est-ce qui le fait avancer sur l'eau ?

JUVATTE.

Cette HÉLICE placée à l'arrière.

THÉRÈSE.

Nous ne savons pas, moi du moins, ce que c'est qu'une HÉLICE.

PAULIN, prenant sur la table un spirifère.

Voyez donc ce singulier *petit moulin* au bout d'un bâton. Comment le fait-on tourner ?

JUVATTE.

Voilà justement Paulin qui vient à la rescousse pour m'aider dans mon explication.

Pour faire aller ce JOUET, on plante le bâtonnet, à l'extrémité duquel sont fixées quatre ailettes disposées en HÉLICE, dans cet

HÉLICE A DEUX AILES.

anneau qu'on tient de la main gauche par le manche. On enroule un cordon autour du bâton et on tire vivement l'extrémité libre du cordon, ce qui imprime au bâtonnet un mouvement de rotation rapide.

On voit alors l'appareil s'échapper de l'anneau et s'élever à une hauteur d'autant plus grande que la rotation a été plus rapide.

PIERRE.

Comment ce *petit moulin* qu'on fait seulement tourner peut-il monter dans l'air de lui-même?

MOI.

Parce que les ailettes, vient-on de vous dire, sont disposées en HÉLICE.

THÉRÈSE.

Qu'est-ce donc qu'une HÉLICE?

MOI.

L'HÉLICE est une surface courbe qui, en s'enroulant en spirale autour d'un cylindre, s'élève graduellement d'une même hauteur pour la même fraction de tour. Le tire-bouchon et la vis vous en donnent une idée complète.

Vous avez remarqué maintes fois que la vis s'avance à chaque tour dans l'écrou ou dans le bois d'une longueur qu'on appelle son *pas*.

HÉLICE A QUATRE AILES.

Eh bien ! si nous supposons une surface enroulée de la même manière autour d'un rouleau, d'un cylindre, d'un *noyau*, pour nous servir du terme vulgaire, elle s'avancera dans l'air, comme la vis dans son écrou ou le tire-bouchon dans le liège.

PIERRE.

Ici, au lieu d'une surface formant une HÉLICE, je ne vois que des ailettes.

JUVATTE.

Oui, mais ces ailettes sont implantées suivant la courbe de l'HÉLICE.

Dès qu'on a voulu se servir de cet engin, on s'est aperçu que l'HÉLICE entière et continue subissait beaucoup de frottement et qu'en en conservant seulement certaines parties on économisait la force perdue par le frottement.

Ainsi l'HÉLICE PROPULSIVE qui remplace dans les bateaux les *roues à palettes*, est formée de 2, 3, 4, 5 ou 6 ailes disposées en HÉLICE sur un arbre que fait tourner la machine à vapeur. Cette HÉLICE, placée à l'arrière du navire, agit en tournant dans l'eau, comme la vis en tournant dans son écrou, comme le tire-bouchon en tournant dans le liège et mon SPIRIFÈRE en tournant dans l'air.

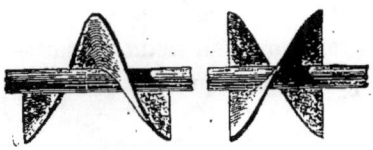

ANCIENNES HÉLICES.

MOI.

L'HÉLICE, mise en mouvement par la machine à vapeur, produit dans l'eau l'effet de rames et fait avancer le navire. Au contraire, les ailes d'un moulin dont l'axe est fixe et qui se présentent au vent suivant une disposition analogue, obéissent à l'impulsion qu'elles reçoivent du courant atmosphérique.

JUVATTE.

Regardez cette PETITE VOITURE légère munie d'une HÉLICE qui la ferait avancer dans l'air calme si, par un moyen quelconque, on la faisait tourner assez rapidement. Son HÉLICE pénètrerait dans l'air comme l'HÉLICE du SPIRIFÈRE, comme l'hélice des bateaux dans l'eau, mais on a préféré la faire tourner tout simplement comme les ailes d'un moulin.

PIERRE.

Très bien, mais il faut du vent.

JUVATTE.

On a trouvé moyen d'en faire à l'aide de cette poire en caoutchouc, terminée par un tube également en caoutchouc, débouchant dans la direction de l'HÉLICE.

En pressant à de courts intervalles cette poire munie d un clapet s'ouvrant de dehors en dedans, on obtient une espèce de soufflet dont on chasse l'air qui s'y était introduit chaque fois que la poire reprenait son volume normal. Cet air *comprimé* vient frapper l'HÉLICE qui, en tournant, fait tourner les roues et avancer la VOITURE.

Plus loin vous voyez un TRAIN DE CHE MN DE FER qui est mis en marche par le même procédé.

PIERRE.

Mais alors rien n'empêche de diriger les ballons au moyen de l'HÉLICE?

MOI.

En théorie, oui ; mais la pratique se heurte à des difficultés qui n'ont pas encore été vaincues ; qui vivra verra. En fait d'applications scientifiques, il ne faut jamais désespérer de rien.

JUVATTE.

Tenez, ce petit JOUET appelé HÉLICOPTÈRE est une tentative

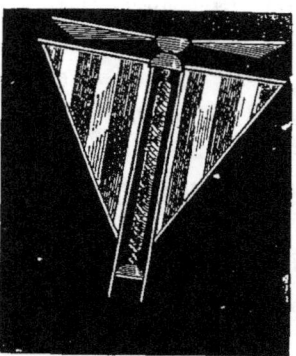

HÉLICOPTÈRE.

timide de navigation aérienne ; il monte dans l'air par le jeu d'ailes légères, et la force motrice est un caoutchouc fortement tordu.

GEORGES.

Et ce BATEAU dont la coque blanche et noire est si élégamment élancée et qui porte deux cheminées, c'est sans doute un bateau à vapeur?

JUVATTE.

Oui et non. La vapeur intervient pour créer le MOTEUR, mais elle n'est pas le moteur.

Allumons sous la chaudière cylindrique le petit foyer dont le combustible est l'esprit-de-vin et plaçons le BATEAU dans ce

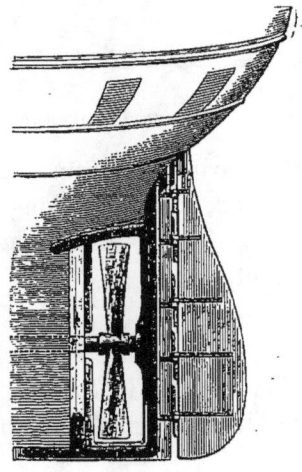

CADRE DE L'HÉLICE À L'ARRIÈRE D'UN NAVIRE.

réservoir de zinc où je conserve toujours de l'eau pour la manœuvre de certains JOUETS.

PAULIN.

Regardez, regardez! les cheminées fument! on entend mu-

gir la vapeur, l'eau bouillonne sous le gouvernail, le voilà
parti!

JUVATTE.

La vapeur, contrainte de s'échapper par une ouverture très
petite pour se rendre dans le tube recourbé qui débouche

PETIT BATEAU A VAPEUR ATMOSPHÉRIQUE.

dans l'eau, à l'arrière du navire, y entraîne de l'air. C'est cet
air qui, plus léger que l'eau, remonte le long du plan incliné
fixé sous l'étambot et sa force ascensionnelle suffit pour
pousser le NAVIRE en avant.

PIERRE.

Ainsi c'est l'air qui fait marcher le *bateau* et la vapeur ne
fait qu'amener l'air sous le plan incliné de l'arrière.

JUVATTE.

C'est à cause de cette double action que l'inventeur a nommé
ce charmant JOUET : BATEAU A VAPEUR ATMOSPHÉRIQUE.

GEORGES.

Il prend des airs de vrai vapeur ! voyez quel sillage il laisse
après lui.

PAULIN.

Encore un JOUET à emporter.

MOI.

Nous pourrons le faire manœuvrer sur l'Orge par un temps calme et il marchera aussi longtemps qu'il y aura du combustible dans la lampe et de l'eau dans la chaudière.

JUVATTE.

Avant de quitter les rives peu fleuries de ce bassin, je veux y faire fonctionner un des JOUETS les plus ingénieux que je connaisse.

Voyez cette poupée vêtue d'un costume de bain sommaire qui ne doit gêner en rien ses mouvements; légère et court-vêtue, la voilà prête à se jeter à l'eau.

Elle se tient droite et immobile dans ma main, mais attendez la fin. Ma chère *Ondine* a un tel amour de l'eau, qu'aussitôt qu'elle se retrouve dans son élément, elle nage avec une aisance et une grâce à rendre une naïade jalouse. Attention ! je la prends par la ceinture et je la pose sur l'eau.

PAULIN, criant de joie.

Elle nage ! elle nage ! *une, deusse, troisse,* comme dit mon maître de natation.

THÉRÈSE.

C'est merveilleux. Oh ! que je voudrais savoir nager comme elle !

PIERRE.

Tu n'as qu'à l'imiter.

JUVATTE.

Ce JOUET a été inventé par un homme très instruit et fort ingénieux, dont le jeune garçon éprouvait pour l'eau une aversion profonde. Il fut assez sage pour ne pas chercher à vaincre cette instinctive répulsion par la violence et conçut l'idée de la POUPÉE NAGEUSE qui devait familiariser l'enfant avec la natation.

Un jour qu'il pêchait avec son fils au bord d'une petite rivière, il plaça sur l'eau la petite *Ondine*, qui atteignit bien vite

POUPÉE NAGEUSE.

l'autre rive. Le bambin émerveillé se jeta tout habillé à la poursuite de la poupée. Au lieu de s'épouvanter de son audace, il en rit; la peur était domptée, les leçons de natation ont fait le reste. Aujourd'hui ce jeune garçon est un excellent nageur.

PIERRE.

Voilà de l'enseignement attrayant et persuasif. Il n'en faudrait pas moins pour décider Paulin à quitter la ceinture et la corde au bout de laquelle il est suspendu entre la peur de l'eau et la peur de nos moqueries.

GEORGES.

Regardez les bras d'*Ondine* s'allongeant en avant, décrivant un arc de cercle pour revenir à la première position pendant que les jambes repliées frappent l'eau d'un mouvement vigoureux. Elle nage académiquement.

THÉRÈSE.

Elle n'avance plus aussi vite, on la dirait fatiguée.

JUVATTE.

C'est le moment de la mettre sur le dos et de lui faire faire la planche.

THÉRÈSE.

On ne peut rien de plus charmant.

PIERRE.

Je n'ai pas moins d'admiration que toi, mais je suis préoccupé du mécanisme qui produit une telle merveille.

GEORGES.

Les bras et les jambes sont aussi des assemblages de LEVIERS comme dans le PANTIN, seulement ce n'est plus une ficelle qui les fait naïvement mouvoir.

JUVATTE.

Voici *Ondine* dépouillée des vêtements qui cachaient le mécanisme.

THÉRÈSE.

Oh! quelle désillusion! elle n'est pas belle ainsi.

JUVATTE.

Examinons le mécanisme aussi simple qu'ingénieux. Le MOTEUR — il y a toujours un moteur — est encore un ressort en-

fermé dans un *barillet*. Au centre du *barillet* est un petit *axe*
terminé par un carré qui entre juste dans la clef destinée à
bander le ressort.

Quand ce petit appareil est remonté, le ressort se détendant
peu à peu fait tourner le *barillet* muni d'une roue dentée
communiquant son mouvement à un *pignon* dont l'axe porte
une *manivelle* A. Cette manivelle fait mouvoir deux petites tiges
qui font fonction de *bielles* comme dans un rouet. Les *bielles*
b sont articulées d'un côté au bouton de la *manivelle* et de
l'autre à deux lamelles de cuivre à l'extrémité desquelles sont
fixés les bras. Ces lamelles, véritables LEVIERS, sont mobiles
autour d'un point fixe.

En tournant, la *manivelle* imprime aux *bielles* un mouvement de va-et-vient qui, alternativement, tend les bras en avant
et les ramène en arrière. Ce mouvement des bras est transmis
tout simplement aux membres inférieurs par deux autres
bielles attachées de part et d'autre aux lamelles des bras et
aux lamelles des cuisses.

Les jambes, articulées aux genoux, sont libres et ne participent au mouvement que grâce à la résistance de l'eau.

MOI.

C'est admirable de simplicité.

JUVATTE.

Ce TERRE-NEUVE que je place dans le réservoir à côté
d'*Ondine* va nager à son secours croyant qu'elle se noie.

PIERRE.

Il nage absolument *en chien*.

THÉRÈSE.

Maintenant que M. Juvatte a mis le bord du *costume* d'*Ondine* dans sa gueule, il a tout à fait l'air d'un sauveteur.

PAULIN.

Malgré tout, c'est *Ondine* qui va devenir mon professeur car elle nage comme une grenouille.

GEORGES.

En voici une GRENOUILLE, qui, Dieu merci! est assez grosse. Nage-t-elle aussi?

JUVATTE.

Elle a d'autres mérites, dont vous allez juger.

LES ENFANTS.

Est-elle comique!... Comme elle saute naturellement!... Comme elle prend son élan!... On la dirait vivante!... C'est incroyable!... Elle court se cacher sous une table!

JUVATTE.

Laissons-la se reposer à l'ombre et regardons sauter ce LAPIN, ce CHAT, ce CHIEN, ce KANGOUROU.

THÉRÈSE.

C'est à faire illusion.

PAULIN, d'un air suffisant.

Moi, je connaissais ça. J'ai vu dans les bazars de petites GRENOUILLES SAUTEUSES qui ne se vendent que deux sous.

JUVATTE.

Celles-là sont l'enfance de l'art, mon petit ami; elles ne font qu'un bond, et la plupart du temps retombent maladroitement sur le dos. Le mécanisme est des plus élémentaires.

La GRENOUILLE en bois est creusée en dessous pour permettre le fonctionnement d'un petit bâtonnet engagé entre deux ficelles

tordues ensemble et ramené en arrière où il adhère un instant
à une boulette de cire. La ficelle ne tarde pas à se détordre et
le bâtonnet, en reprenant sa première position, fait sauter la
GRENOUILLE.

Que nous sommes loin de ce naïf joujou!

PIERRE.

C'est vrai, tous ces ANIMAUX SAUTEURS ont l'allure qui
convient à chacun d'eux. Dans leur longue suite de bonds ils
prennent leur temps, ils ont l'air de réfléchir, d'hésiter; on
dirait qu'ils ont conscience de leurs mouvements.

JUVATTE.

Ce résultat est obtenu par des moyens toujours fort simples,
presque toujours les mêmes. La forme de l'animal change et
non sa façon de sauter. Aussi dois-je vous avouer qu'ici l'habit
fait un peu le moine.

Examinez cette GRENOUILLE vraiment copiée sur la nature et
dont le mécanisme intérieur est visible.

Le MOTEUR est encore un ressort qu'on remonte en faisant
tourner une clé fixe. Le ressort, en se détendant, agit sur une
manivelle au bouton de laquelle est articulée une tige de cuivre
qui en reçoit un mouvement de va-et-vient. Cette sorte de
bielle est attachée par l'autre extrémité à un système de LEVIERS
que forment les pattes de derrière.

L'action du RESSORT MOTEUR, communiquée aux LEVIERS par la
petite *bielle*, est combattue par un *ressort* à boudin agissant
sur le même *bras de levier*. Dès qu'on le pose à terre, l'animal,
agissant par son propre poids sur l'extrémité de ses pattes
formant le plus grand *bras de levier*, contre-balance la résistance du *ressort à boudin*, ce qui permet à la *bielle* d'agir sur
l'autre *bras du levier* et de déterminer le saut.

Ce phénomène se reproduit chaque fois que la GRENOUILLE

retombe sur le sol et ne cesse qu'au moment où le *ressort en spirale* est tout à fait détendu.

MOI.

Vous le voyez, ces sauts alternatifs s'expliquent par l'antagonisme ingénieusement combiné de deux ressorts.

JUVATTE.

C'est toujours le même système que nous avons appliqué à ces différents JOUETS plus ou moins gracieux qui se partagent la vogue du moment

Voici d'abord la BOITE A CÉLESTIN, d'où s'échappe un crapaud quand on lève le couvercle — la PIE VOLEUSE, qui court cacher son larcin — la COUVEUSE ARTIFICIELLE, d'où se sauve un poussin portant sur le dos un fragment de coquille...

PAULIN, courant après le poussin.

Oh! le petit mignon! petit, petit, petit!

JUVATTE.

Voici maintenant le PETIT CHAPERON ROUGE, sur lequel le loup se jette dès que la porte du logis est ouverte — puis une niche avec cette inscription savante : *cave canem*, et renfermant un CHIEN DE GARDE des plus vigilants, et bien d'autres JOUETS plus variés en apparence qu'en réalité.

GEORGES.

C'est dommage qu'on ne puisse que faire sauter les animaux.

JUVATTE.

Comment donc ! Voici, s'il vous plaît, un CHEVAL et un CHIEN qui vont galoper.

PIERRE.

Ils ont vraiment de l'allure

THÉRÈSE.

Les moyens employés doivent être beaucoup plus compliqués pour le galop que pour le saut?

JUVATTE.

Du tout, le mécanisme est le même. Il suffit de relier par une seconde *bielle* le système de *levier* des jambes de derrière à un système analogue auquel sont fixées les jambes de devant.

MOI.

Il est bien entendu que, pour simuler la marche des animaux, il faut avoir recours à des combinaisons plus savantes. Du reste vous pouvez bien concevoir que les prodiges mécaniques de ce genre ne sont limités que par la raison économique.

JUVATTE.

Tenez, ce PAON MARCHEUR est un spécimen de ce que l'on peut créer de curieux et d'extraordinaire dans les JOUETS de luxe.

THÉRÈSE.

Le voilà qui marche, qui tourne sa tête empanachée d'une aigrette... il s'arrête superbe... il ouvre avec orgueil l'éventail de sa queue splendidement illuminée de toutes les couleurs... il est vraiment fier comme un paon !

JUVATTE.

Le mécanisme est encore composé des mêmes éléments : un *ressort moteur* enfermé dans un *barillet* qu'on remonte en faisant tourner avec une clé l'*arbre* A.

Des deux roues dentées montées sur cet arbre, l'une R fait mouvoir les pattes, l'autre R' fait mouvoir la queue.

La roue R qui doit mettre les pattes en mouvement, engrène

avec un *pignon* dont l'axe en B traverse un *excentrique* qui, faisant corps avec les pattes et agissant comme une *manivelle*, fait lever et baisser alternativement chaque patte.

Les diverses pièces D, attachées sur un même axe *d* hori-

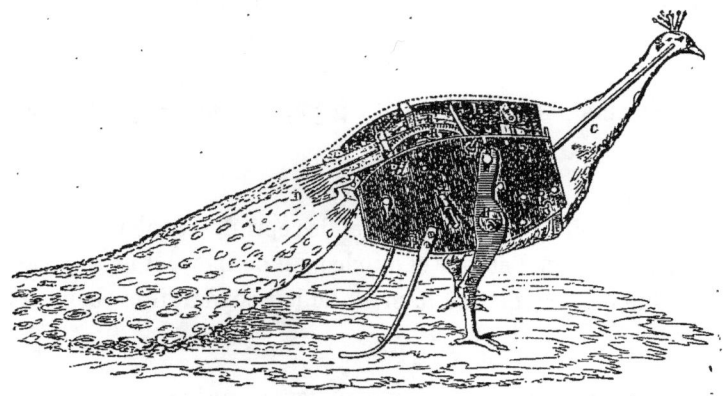

PAON MARCHEUR.

zontal que fait mouvoir la roue R, étalent la queue en la relevant.

Quand la queue se développe, un arrêt de la roue R suspend momentanément la marche. Quand la queue s'abaisse, le PAON reprend sa fière allure en nous regardant du haut de sa grandeur.

C'est la roue R qui, par l'intermédiaire de la tige C, fait osciller la tête à droite et à gauche et de haut en bas.

PIERRE.

Et ces OISEAUX QUI CHANTENT? et ces CHIENS QUI ABOIENT? et ces MOUTONS QUI BÈLENT? et ces VACHES QUI MUGISSENT?

JUVATTE.

Les différents cris de ces BÊTES sont produits par un *soufflet* dissimulé à l'intérieur du JOUET et légèrement modifié suivant la nature du son qu'il doit imiter.

MOI.

N'êtes-vous pas émerveillés de voir les ressources que le génie emprunte à la science? On va même jusqu'à construire des AUTOMATES qui reproduisent à s'y méprendre le langage parlé et les intonations variées de la voix humaine.

THÉRÈSE.

J'ai eu une *poupée* qui disait : papa, maman, et qui pleurait encore.

JUVATTE.

Il serait facile d'aller plus loin et de reproduire mieux que ces manifestations de l'amour et du chagrin du baby. Il ne s'agirait pour cela que d'y mettre le prix. Le jeu en vaut-il la chanson?

MOI.

N'a-t-on pas vu à Paris, il y a quelques années, une *machine parlante* construite aux États-Unis sous la direction d'un savant professeur qui avait pourvu son AUTOMATE de tous les organes de l'appareil vocal humain? Un soufflet remplaçait les poumons, un tuyau, simulant la trachée-artère, amenait l'air à une ouverture composée de pièces vibrantes imitant le larynx et la glotte.

L'air, mis en vibration, produisait un son que modifiait la position d'une langue en caoutchouc et les formes variées que pouvaient prendre une bouche, des joues, des fosses nasales également en caoutchouc.

Un mécanisme, encore plus ingénieux que compliqué, mis en mouvement à l'aide d'un clavier, réussissait à faire prendre aux organes de cette bouche artificielle les diverses positions qui, chez nous, amènent l'émission des sons et des articulations.

GEORGES.

C'est trop fort de mécanique pour moi.

THÉRÈSE et PAULIN.

Et pour nous donc !

MOI.

Sans doute, vous ne pouvez pas comprendre ce qu'il a fallu de génie, d'invention, de patience intelligente, de science pratique pour accomplir un tel prodige. Croyez-vous que nous-mêmes nous ne sommes pas confondus en présence de ce chef-d'œuvre de la mécanique ?

PIERRE.

Lorsqu'on songe à la diversité des dispositions qui devaient produire la variété des articulations et des intonations, on se demande par quels moyens, par quels procédés, par quels expédients, on est arrivé à imprimer instantanément à ces pièces de caoutchouc si habilement combinées les formes précises qui conviennent à la modification convenable du son.

MOI.

D'ailleurs l'invention du *phonographe* vient simplifier considérablement l'appareil trop compliqué de la *machine parlante*. Ainsi le moment n'est pas loin où l'on vous livrera, ainsi que le promet M. du Moncel, des POUPÉES « qui pourront parler, chanter, rire et crier, et des animaux reproduits en joujoux pouvant pousser les cris qui leur sont propres.

Dans certains cabinets de curiosités, les figures de cire représentant les grands hommes de l'époque pourront non seulement donner une image fidèle de leurs traits, mais encore les faire parler, et l'illusion sera complète.

D'un autre côté, une horloge phonographique, au lieu de sonner ses coups monotones, vous dira poliment l'heure qu'il est ; elle vous invitera au lunch et vous dira l'heure du réveil ou l'heure du coucher, l'heure d'une affaire ou l'heure d'un plaisir. »

GEORGES.

Grâce au *phonographe*, on pourra donc se donner la répétition d'un concert qui vous aura charmé ?

PIERRE.

Qui se serait douté que cette invention merveilleuse serait un jour appliquée à nos JOUETS? Comment cela pourra-t-il bien se faire ?

GEORGES.

Ce n'est pas notre affaire.

JUVATTE.

Vous pouvez toujours conclure de ce qui précède que lorsqu'on a fait le plus on peut faire le moins et que, si l'on a pu exécuter la *machine parlante*, on peut exécuter à moins de frais et avec beaucoup moins de peine une POUPÉE PARLANTE, des OISEAUX CHANTEURS, des animaux CRIANT, HURLANT, BÊLANT, BEUGLANT, MIAULANT, ABOYANT, HENNISSANT, SIFFLANT, CROASSANT et COASSANT.

Il s'agit tout simplement d'agencer le *soufflet* qui aspire l'air et le refoule vers des organes vibrants en réalisant les conditions requises pour reproduire le son voulu.

PAULIN.

Alors c'est toujours comme dans les PETITS CHIENS DE CARTON fixés sur un soufflet qu'on presse avec les doigts et qui font : oua ! oua !

JUVATTE.

Seulement le soufflet et les pièces qui complètent l'appareil sont adroitement dissimulés et mis en action par le *moteur* ordinaire : un *ressort* qu'on tend plus ou moins.

THÉRÈSE.

Il est clair que nous n'en finirions jamais si nous voulions examiner tous les JOUETS MÉCANIQUES.

GEORGES.

Ce n'est plus l'unité dans la variété, c'est la variété dans la diversité.

PIERRE.

Je vois accroché là-haut un VÉLOCIPÈDE; c'est donc aussi un JOUET?

VÉLOCIPÈDE.

JUVATTE.

Le VÉLOCIPÈDE et à peu près réduit à ce rôle maintenant.

GEORGES, chantonnant.

Instrument raide
En fer battu
Qui dépossède
Le char tortu,

Vélocipède,
Rail impromptu,
Fils d'Archimède,
D'où nous viens-tu[1] ?

JUVATTE.

Il serait difficile de déterminer d'une manière précise quand
et comment s'est manifestée la première idée du VÉLOCIPÈDE.
Ce que je puis vous dire, c'est qu'à l'apparition du VÉLOCIPÈDE,

VÉLOCIPÈDE.

tel qu'il est construit aujourd'hui, il a été acclamé comme une
invention de suprême utilité, mais les belles promesses faites
n'ont pas été tenues.

MOI.

Oui, l'on a exagéré le parti qu'on en pouvait tirer et naturellement la réaction s'est faite avec une égale exagération.
Ce qui est vrai, c'est que ce mode de locomotion n'est prati-
cable que sur les routes planes et en parfait état. Il faut donc

1. Mon

attribuer en grande partie le discrédit dans lequel le VÉLO-CIPÈDE est tombé aux conditions exceptionnelles qu'il requiert.

JUVATTE.

En tout cas nous le considérons aujourd'hui comme un JOUET préférable au CHEVAL A BASCULE que l'enfant fait patiemment galoper sur place.

Le VÉLOCIPÈDE développe les muscles, entretient la souplesse des articulations ; c'est en somme un exercice gymnastique qu'on aurait tort de négliger.

Le CHEVAL MÉCANIQUE est le seul *vélocipède* permis aux tous jeunes enfants.

Ah ! à propos de gymnastique je dois vous montrer cette BALANÇOIRE TRAPÈZE qu'on peut installer instantanément entre les montants des chambranles de toutes les portes de vos appartements.

La traverse qui supporte la corde peut s'allonger ou se raccourcir pour s'adapter à toutes les largeurs d'embrasures et les pièces de caoutchouc qui la terminent assurent sa solidité par la pression.

La corde étant raccourcie, la BALANÇOIRE devient un excellent TRAPÈZE.

PAULIN, sautant après la barre du trapèze.

Et je vais vous donner un échantillon de mes talents.

CHAPITRE VII

LES POUPÉES. — LES BURATTINI. — BOITES DE CONSTRUCTION.
ART ET ARCHITECTURE.

JUVATTE.

Afin de vous reposer l'esprit de toute cette mécanique, je vais vous introduire dans le *gynécée* de la maison. On n'y file point la laine, mais on y habille des POUPÉES de tous genres, de tout âge, de tous rangs, de toutes nationalités.

Vous serez émerveillés de l'habileté que nos ouvrières déploient dans l'agencement du costume de ces petites personnes qui vont souvent porter nos modes à la province et à l'étranger. Plus d'une belle dame créole a reçu de nos POUPÉES des leçons de goût dont elle ne s'est pas vantée.

POUPÉE

MOI.

La POUPÉE! mot magique qui fait battre le cœur de la petite fille et sourire mélancoliquement la femme.

PAULIN.

Oh! des POUPÉES, c'est bon pour les filles.

POLICHINELLE.

PIERRE.

Hé ! monsieur le dédaigneux, il n'y a pas si longtemps qu'on vous a vu jouer à la POUPÉE.

PAULIN, vexé

Moi ?

PIERRE.

Oui, toi. As-tu donc oublié ton affreux POLICHINELLE, bossu, tortu, et grimaçant, qu'on ne pouvait réussir à t'arracher des mains ?

PAULIN.

Ah ! POLICHINELLE, c'est une autre affaire !

THÉRÈSE.

Je ne puis jamais voir de POUPÉES sans éprouver une véri-

LA POUPÉE.

table joie. Je ne suis pas tellement loin de ma première enfance que je ne me rappelle avec bonheur les bons moments passés à habiller et à promener *ma fille;* que de *bavettes* nous avons taillées ensemble ! car j'étais persuadée qu'elle me comprenait et me répondait.

Avec ma POUPÉE je me sentais supérieure à quelqu'un ; je conseillais, je morigénais, je devenais professeur à mon tour. Au lieu de recevoir des leçons, j'en donnais et je ne me gênais

pas pour faire de la morale qui me profitait peut-être à mon insu.

GEORGES.

Pauvre Thérèse, que de chagrins je t'ai causés ! Combien de POUPÉES t'ai-je décousues ou cassées pour voir ce qu'il y avait dedans !

THÉRÈSE.

Je m'en souviens. J'avais de vrais désespoirs qui me faisaient verser de vraies larmes ; il ne fallait pas moins qu'une autre fille pour me consoler de la perte de son aînée.

C'est peut-être ridicule ce que je vais vous dire, mais pour nous autres petites filles la POUPÉE n'est pas seulement un JOUET, c'est une camarade, une amie, un enfant. Nous lui contous nos joies et nos chagrins. Elle nous tient compagnie quand nous sommes malades, nous console dans nos études et nous enseigne l'oubli de nous-mêmes lorsque nous lui rendons les soins dont nous sommes l'objet.

JUVATTE.

Régalez donc vos yeux du spectacle de tous ces frais minois qui vous sourient en montrant leurs quenottes. Je vous mets au défi de trouver ailleurs POUPÉES mieux peignées, mieux costumées et pomponnées; POUPÉES plus mignonnes, plus élégantes et plus gracieuses. Mes *bergères* ne rendraient-elles pas des points aux bergères de Florian et de Watteau? Les opulentes *nourrices* qui font flotter avec ostentation les longs rubans de leurs bonnets à la brise des Champs-Élysées, pourraient-elles vous présenter des babies aussi roses et aussi joufflus que ceux-ci?

Voyez maintenant ces *petites filles* plus mûres que leur âge et ces *jolies dames* qui ne le sont pas assez pour le leur. Je ne vous défends pas de leur faire en passant quelques remontrances bien senties sur l'extrême élégance de leur toilette.

MOI.

Ces belles POUPÉES me paraissent bien propres à éveiller chez les enfants des germes de coquetterie toujours si prêts à éclore.

JUVATTE.

Le reproche est fondé; mais que voudriez-vous que je fisse contre tous? On ne nous demande que de riches POUPÉES vêtues des étoffes les plus luxueuses! La POUPÉE non habillée dont il faut confectionner le trousseau est bien dédaignée.

LA POUPÉE TIENT COMPAGNIE AUX PETITES FILLES MALADES.

Quant à la gentille POUPÉE A RESSORT, cette petite merveille si joliment articulée qui faisait les délices de nos contemporaines, elle est reléguée dans les foires, on la trouve à peine dans les bazars. (*S'animant.*) Les grandes traditions se perdent, l'esprit humain s'affaiblit, la civilisation hésite et dévie, et les fabricants de JOUETS n'ont plus de principes!

Les JOUETS sont en pleine décadence; à force de perfectionnements ils deviennent illogiques; ils participent à la futilité et à la vanité de notre temps! La POUPÉE est habillée avec le même luxe et le même faux goût que la petite dame à la mode à qui elle est destinée.

Le PANTIN, embarrassé de ses atours et de son élégance fragile, ne peut plus gambader dans la main gantée de son petit maître.

O décadence! Des Joujoux de parade! des Joujoux vaniteux! des Joujoux bêtes! des Joujoux avec lesquels on ne peut pas jouer!!! Pauvres enfants, dans quel temps vivez-vous?

PAULIN, s'emparant d'une marionnette qu'il fait danser au bout de son fil.

Voilà une POUPÉE avec laquelle je consens à m'amuser.

PIERRE.

Cela se conçoit. La MARIONNETTE est docile et t'obéit, tu prends ta revanche. Tâche donc de l'imiter en te laissant conduire.

MOI.

Admirez ces MARIONNETTES. Voyez comme elles sont bien proportionnées, bien équilibrées. Leurs bras et leurs jambes à deux articulations sont mus par quatre fils partant de points d'attache judicieusement choisis et venant se confier à la main habile qui sait les animer.

DES JOUETS DE LUXE.

THÉRÈSE.

Paulin les manœuvre bien.

PAULIN.

Ce n'est pas étonnant, Georges et moi nous avons joué si souvent la comédie avec des MARIONNETTES.

GEORGES.

Elles ont toujours l'air de prêcher en marchant.

THÉRÈSE.

Moi je les trouve admirables.

JUVATTE.

Admirables de construction, oui, quand on sait ce qu'il a fallu de soins, de travail, de préoccupations pour les livrer au prix qu'on m'en offre.

Je ne vous les recommande pourtant pas, car ce sont de tristes comédiens et l'art théâtral ne s'en arrange guère.

MOI.

Vous avez donc mieux que cela?

JUVATTE.

Mieux que cela! Je crois bien. (Prenant des *Guignols* dans une grande boîte.) Voilà des artistes! voilà des comédiens!

THÉRÈSE.

Fi! les vilaines MARIONNETTES!

PAULIN.

Elles n'ont seulement pas de jambes!

GEORGES.

Elles n'ont que de gros bras et une tête.

JUVATTE.

Une tête ! cela leur suffit pour avoir de l'esprit.

PIERRE.

Comment ces vilaines têtes de carton d'où pendent des chiffons froissés et des bras raides terminés par une grossière main de bois, peuvent-elles mieux convenir à l'art théâtral que ces MARIONNETTES pimpantes qui se remuent si bien ?

JUVATTE.

Vous les trouvez donc bien laids, bien informes, mes chers BURATTINI ?

MOI.

Le fait est qu'ils ne sauraient avoir la prétention de représenter la beauté plastique recherchée dans la race humaine.

JUVATTE.

Soit ! Mais ils ont un mérite que n'auront jamais nos pauvres MARIONNETTES : ils s'animent, s'émeuvent et émeuvent les spectateurs.

MOI.

Ne les condamnons donc pas sans les entendre.

GEORGES.

Ils sont bien naïfs les spectateurs qui se laissent impressionner par ces visages brutalement modelés et grossièrement enluminés.

JUVATTE.

Vous croyez ?
Tenez, j'enfonce l'index dans la tête qui est creuse, j'intro-

duis le pouce et le médius dans les bras faits d'un cornet de carton, je laisse se draper convenablement la longue jupe plissée autour de leur cou de manière à recouvrir ma main jusqu'au poignet et je les mets en action.

(*S'animant.*) Voyez avec quelle aisance ma *Colombine* tourne la tête à droite et à gauche. Veut-elle implorer le ciel, elle rejette la tête en arrière en élevant les bras. Veut-elle exprimer le découragement, le désespoir, elle laisse retomber ses bras en inclinant la tête. N'est-ce pas saisissant?

Veut-elle rendre un sentiment résolu, violent, elle relève hardiment la tête en croisant les bras sur son sein. Veut-elle menacer, marquer du mépris, elle étend un bras en hochant la tête ou en la détournant.

Enfin elle peut, habilement maniée, souligner toutes les intentions, exprimer tous les sentiments tendres ou burlesques. Faites donc cela avec ces MARIONNETTES pincées qu'un fil trop peu conducteur ne met jamais assez en communication avec le génie humain!

MOI.

Je vais crier au prodige.

JUVATTE.

Si maintenant je gante de la même manière mon *Pierrot* de la main gauche en me dissimulant derrière ce comptoir et ne laissant voir que mes deux acteurs, je pourrai vous jouer une scène à deux personnages qui vous récréera ou vous attendrira autant qu'un duo sentimental chanté par deux marionnettes vivantes dans certains grands théâtres lyriques.

(Il se cache et manœuvre les BURATTINI en changeant sa voix selon l'interlocuteur qu'il fait parler.)

PIERRE.

Est-ce étonnant! Ces affreux petits bonshommes sont devenus d'intéressants acteurs.

THÉRÈSE.

C'est merveilleux!

BURATTINI.

GEORGES.

C'est bien amusant.

PAULIN.

Décidément c'est bien plus drôle que les MARIONNETTES.

JUVATTE, apparaissant toujours ganté de ses BURATTINI.

Vous êtes déjà à moitié convaincus. Qu'adviendrait-il donc si vous placiez ces admirables acteurs sur la scène qui leur convient?

Mettez ce théâtre, que vous voyez accroché là-haut, dans un coin de votre salon; disposez de chaque côté des lampes à réflecteur qui vous laisseront dans l'ombre en renvoyant toute la lumière sur les BURATTINI, c'est alors que vous aurez une idée de leur mérite!

A défaut d'un théâtre de carton, un paravent ferait l'affaire. Quelle simplicité de moyens! Avec un paravent, douze BURATTINI, un homme ou une femme d'esprit, ou même un homme et une femme d'esprit, total douze francs, vous avez un théâtre aussi amusant, pas plus conventionnel et moins coûteux, que tous les autres. Oh! les BURATTINI!

Pour peu que ceux qui les animent de leurs doigts et de leur esprit mettent les gestes en concordance avec les paroles et les sentiments, combien ils prêtent à l'illusion!

PIERRE.

Oh! l'illusion... c'est aller un peu loin.

JUVATTE.

Non pas.

GEORGES.

Comment pouvoir nous imaginer que nous avons affaire à des personnages?

MOI.

Quant à cela, mes chers neveux, ne vous y méprenez pas : il n'y a point d'art possible sans convention. Il ne s'agit que de déterminer le genre de convention qui convient à tels pays, à tels temps, à telles éducations, à tels âges.

N'est-il pas convenu que les héros grecs des tragédies parleront en vers français? Que les Dorine, les Flipote et autres servantes de comédies emploieront la même langue que Phèdre et Andromaque?

Certes, vous ne pouvez pas vous figurer en présence de mamoiselle Chose qui exprime en alexandrins retentissants la douleur d'une mère que vous ayez sous les yeux la Vraie Mérope. Cela vous empêche-t-il de pleurer son fils avec elle?

Eh bien! faites un petit effort de plus et vous vous apitoierez sur les chagrins de *Colombine* que la POUPÉE de carton aura exprimés d'une façon touchante.

PIERRE.

Il faut pourtant que l'art, quel qu'il soit, nous représente les choses au plus près de la réalité.

MOI.

A ce compte-là, les trompe-l'œil vaudraient mieux que les plus belles peintures et les figures de cire répondraient mieux aux conditions de l'art que les merveilleux chefs-d'œuvre de la sculpture antique. Vous savez qu'il n'en est rien et vous comprendrez cela plus tard.

En attendant, soyez persuadés que chaque art a ses conventions que nous devons accepter sous peine de nous fermer la source de nos plus pures et plus nobles jouissances.

JUVATTE.

En bonne conscience mes BURATTINI sont-ils plus étranges et moins admissibles dans leur petitesse que les comédiens antiques drapés dans de longues robes bourrées et étoffées qui les grossissaient, exhaussés sur leurs cothurnes de 15 à

16 centimètres de haut, les bras enfermés dans de longs gantelets qui les allongeaient, la tête enfouie dans un masque gigantesque d'où leur voix sortait grossie par les lames d'airain vibrant comme des anches de clarinette?

THÉRÈSE.

Ma foi non.

MOI

Notez que ces *masques* en bois, sculptés sur les indications des acteurs, représentaient les expressions de tristesse, de joie ou d'horreur en traits fort exagérés et que la bouche restait toute grande ouverte.

JUVATTE.

Croyez-vous que les spectateurs grecs ou romains se soient jamais avisés de se plaindre sous prétexte qu'Agamemnon ou Œdipe n'avaient pas une si grosse tête et qu'ils ne marchaient pas sur des patins? Ont-ils jamais crié à l'invraisemblance en voyant un rôle de jeune fille rempli par un histrion n'ayant d'autres attributs féminins qu'un *masque* à la chevelure bien lissée et partagée sur le front en bandeaux à la vierge?

GEORGES.

Il leur fallait une bonne dose de naïveté pour se faire illusion.

MOI.

Non! le théâtre était en plein vent, l'amphithéâtre taillé dans une colline était vaste, les spectateurs se tenaient sur des gradins plus ou moins nombreux, plus ou moins élevés, d'où ils ne pouvaient distinguer les traits des acteurs; c'était donc une nécessité de grandir les personnages, de grossir leur voix; tout était pour le mieux.

PIERRE.

L'art grec était alors dans l'enfance.

MOI.

Un enfant de belle venue, ma foi! Du reste croyez-vous que

THÉATRE ANTIQUE.

ce qui était bon pour l'enfance de l'art chez un peuple jeune,
ne doive pas convenir parfaitement aux enfants de toutes les
époques?

PIERRE.

Enfin, aujourd'hui, nous sommes plus avancés · nous avons
le droit d'être plus exigeants

MOI.

Je ne te dis pas que les acteurs de carton de Juvatte fassent

plus d'effet et aient plus de talent que les comédiens du
Théâtre-Français, mais je suis d'avis, après les avoir vus à
l'œuvre, qu'ils sont à leur place dans un salon, dans un
jardin, dans une société intime.

JUVATTE.

Essayez-en et je vous promets le succès.

Voici une boîte de BURATTINI que je vous réserve, c'est moi
qui vous l'offre. Elle contient tous les personnages du *Malade
imaginaire* de Molière arrangé, c'est-à-dire dérangé, à l'usage
de la jeunesse.

Si mes petits acteurs hésitent à se lancer dans le grand ré-
pertoire tragique, ils réussissent à merveille dans les farces et
dans la comédie.

THÉRÈSE.

Depuis que je les ai vus s'animer, je crois à leur talent comique, mais il me semble encore qu'ils auraient grand'peine
à me faire pleurer.

GEORGES.

Ce qui m'a semblé le plus extraordinaire, c'est que, quand
vous étiez éloigné, les figures des GUIGNOLS ne m'ont plus paru
laides.

JUVATTE.

Naturellement, puisque les traits sont exagérés et les tons
forcés pour être vus de loin. Notre but, c'est que les têtes
prennent leur caractère à distance.

THÉRÈSE.

C'est égal. J'aime encore mieux les MARIONNETTES, j'en ai vu
de si belles.

JUVATTE.

J'en pourrais faire de plus belles encore. Mais à quoi cela

servirait-il? A prouver le talent du mécanicien. L'art théâtral n'y gagnerait rien.

MOI.

Les traits réguliers et uniformes de ces belles MARIONNETTES manqueraient le but. A la scène, la physionomie vaut mieux que la beauté, l'expression du visage fait naître une impression aussi bien que les accents de la parole.

GEORGES.

C'est tellement vrai que les *pantomimes* sont parfois très amusantes.

THÉRÈSE.

Pierre et toi vous nous avez souvent fait bien rire avec vos *charades mimées.*

MOI.

. En effet la *charade mimée* à un ou deux personnages est une bonne récréation que je suis heureux de vous avoir inspirée. Continuez d'y mettre beaucoup d'entrain et peu de prétention, et vous vous amuserez en amusant les autres.

THÉRÈSE.

C'est là dedans qu'il y a de la convention et plus il y en a, plus c'est réussi.

(A Paulin qui s'est emparé d'une boîte de co nstructions et s'amuse à échafauder des morceaux de bois.)

Attends un peu que tu sois invité à toucher aux objets, ou tu passeras pour un touche-à-tout.

JUVATTE.

Vous êtes ici pour vous amuser et mes digressions sur l'art peuvent bien ne pas avoir été du goût de votre jeune frère. Que chacun prenne son plaisir où il le trouve.

JOUETS D'ENFANTS.

12

PAULIN.

J'ai eu autrefois une BOITE D'ARCHITECTURE comme celle-ci, mais plus petite.

JUVATTE.

Et ce JOUET vous aura sans doute été utile en vous rendant plus adroit et plus réfléchi. Dans celui-ci j'ai visé plus haut.

Je ne confectionne plus pour mon compte ces collections de parallélipipèdes, de prismes triangulaires, préparés pour construire une façade donnée, à la manière d'un JEU DE PATIENCE.

MOI.

Selon les principes des anciens élèves de l'ancienne École des beaux-arts qui construisaient des maisons à belles façades symétriques pour l'admiration des passants et des badauds, et non pour la commodité et l'agrément des locataires.

JUVATTE.

Vous trouverez dans cette boîte tous les matériaux nécessaires pour construire des édifices entiers et des façades en rapport avec la distribution qui se fait en plan tronqué à la hauteur des fenêtres.

Le fond de la boîte est occupé par une planchette de liège dans laquelle on peut fixer les arbres, les arbustes, les buissons, les bordures munis de pointes à leur base, ce qui permet de dessiner un jardin au choix.

On a mis à la disposition du novice architecte du papier vert pelucheux qu'il peut découper, appliquer à son gré où bon lui semble afin de simuler des pelouses.

GEORGES.

Tiens, mais ce serait amusant de dessiner ainsi en relief un Luxembourg minuscule, un Versailles lilliputien.

THÉRÈSE.

Moi, j'aimerais mieux tracer un jardin anglais, c'est plus varié et plus élégant. Ces grandes allées droites de Versailles, ces grands arbres alignés comme des murs qu'on a ravalés,

JARDIN FRANÇAIS

toute cette nature mutilée, enchaînée, asservie au cordeau et au compas, tout cela ne me plaît pas beaucoup.

PIERRE.

C'est cependant plus grandiose que tes jardins anglais où l'on se promène en tournant comme dans un manège. Avec cela que la nature est bien respectée dans les jardins anglais des maisons de campagne, aux environs de Paris ! On y fait des monticules en y brouettant la terre empruntée à un ravin creusé dans le voisinage, on y construit des ponts en fonte qui sont peints pour imiter le bois, des grottes taillées dans le roc avec des éponges trempées dans le ciment hydraulique.

Beau plaisir de ne pouvoir rêver en se promenant, d'être toujours sur le qui-vive, de grimper et descendre alternativement ! Est-ce curieux qu'il y ait des gens qui aiment à se promener sur une échelle ! Moi je n'ai aucun goût pour ce genre d'exercice.

MOI.

Ne soyez pas exclusifs, chers enfants. Les jardins français, anglais, italiens, ont chacun leurs avantages. En général, ils conviennent aux peuples qui les ont adoptés, en tenant compte de la nature de leur terrain et de leur climat. Les

JARDIN ANGLAIS.

imitation des parti-pris sont seules condamnables.

Les jardins anglais dont Pierre ne se moque pas sans raison, sont le résultat d'une méprise et d'un abus. Ces jardins qui pourraient à plus juste titre s'appeler *jardins chinois*, puisque l'Angleterre les a imités de la Chine, ont subi une transformation complète et sont devenus ces parcs qu'on admire à Londres et dans la plupart des grandes seigneuries des Iles Britanniques.

PIERRE.

Évidemment ce qu'il y a de mieux à faire, c'est de tracer son jardin en vue de son agrément personnel, suivant la nature du terrain, la surface du sol, l'exposition dont il jouit.

JARDIN ITALIEN.

GEORGES.

Après cela qu'il soit plus français qu'anglais, plus anglais qu'italien, cela m'est bien égal.

THÉRÈSE.

Nous essayerons toutes les combinaisons.

PAULIN.

Vous dessinerez les pelouses, vous autres, et c'est moi qui les découperai.

TROISIÈME JOURNÉE

CHAPITRE VIII

POISSONS ET CANARDS MAGIQUES. — PROMENADE DE LA SOURIS. — AIMANT. — POISSONS ÉLECTRIQUES. — ÉLECTRO-MAGNÉTISME. — ÉLECTRICITÉ STATIQUE. — TÉLÉGRAPHIE ÉLECTRIQUE. — PILE. — BATEAU ÉLECTRIQUE. — ÉLECTROPHORE. — PANTINS ÉLECTRIQUES.

JUVATTE.

Retournons un instant auprès du bassin où nous avons admiré les prouesses d'*Ondine* et les exploits du *chien nageur*.

PAULIN.

Que de jolis POISSONS de toutes les couleurs ! sont-ils brillants !

THÉRÈSE.

Ils surnagent, mais ils ne nagent pas et restent immobiles.

GEORGES.

Ce n'est pas étonnant, ils sont en fer-blanc peint.

JUVATTE.

Si vous voulez les animer, vous n'avez qu'à leur présenter cette petite barre d'acier que vous éloignerez à mesure qu'ils s'en approcheront ; ils la suivront.

PAULIN.

Mais, c'est vrai. Je vais en faire nager un autre. Oh ! celui-là fait le récalcitrant ; il recule au lieu d'avancer. Je vais le laisser à son mauvais caractère, et je retourne à l'autre qui m'obéissait si bien. Allons, bon ! le voilà qui fuit aussi. Qu'est-ce que cela veut dire ?

MOI.

Cela veut dire que, sans t'en apercevoir, tu as retourné ta petite barre qui est un AIMANT.

THÉRÈSE.

Qu'est-ce que cela fait ? Puisque c'est un AIMANT, il doit attirer.

GEORGES.

Assurément. Nous savons bien ce que c'est qu'un AIMANT, nous nous en amusons tous les jours.

PIERRE.

Un AIMANT est un barreau d'acier qui, par suite de certaines opérations, a acquis des propriétés particulières.

MOI.

Oui, il a acquis la propriété d'attirer le fer, mais son pouvoir attractif est inégalement distribué.

JUVATTE.

Pour vous le prouver, posons sur ce barreau aimanté une feuille de papier fort. Répandons-y également un peu de cette limaille de fer : nous voyons que la partie qui correspond au milieu du barreau n'attire nulle parcelle de limaille, tandis qu'une grande quantité de limaille se rassemble autour des points p et p' qu'on appelle les *pôles de l'aimant*.

MOI.

En donnant de petites secousses au papier, on parvient à vaincre l'adhérence des grains de limaille, qui peuvent alors se disposer en lignes courbes et former ce qu'on appelle le *spectre magnétique*.

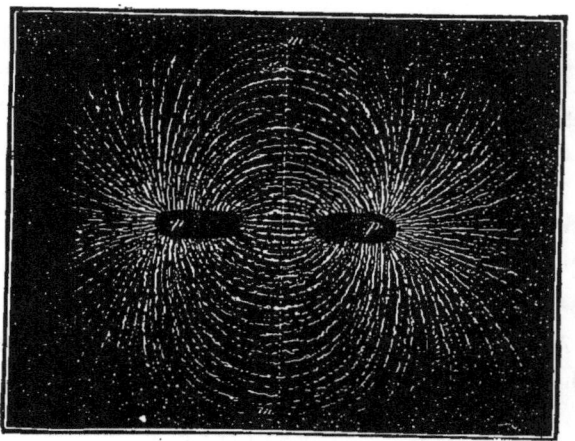

SPECTRE MAGNÉTIQUE.

THÉRÈSE.

Ce n'est pas seulement l'AIMANT qui attire la limaille, on dirait que les grains s'attirent les uns les autres.

MOI.

Les grains de limaille qui touchent à l'AIMANT s'aimantent à leur tour en aimantant ceux qu'ils attirent; c'est ce qu'on désigne sous le nom d'*aimantation par influence*.

Comme les pôles opposés s'attirent, il en résulte que la file de grains d'un pôle attire la file de grains de l'autre.

GEORGES.

Je ne comprends rien aux deux *pôles*, moi. Je ne connais

qu'un AIMANT en fer à cheval dont les deux bouts attirent également les aiguilles et les plumes de fer.

JUVATTE.

Votre AIMANT en fer à cheval n'est qu'un barreau aimanté recourbé. Ses deux pôles jouissent de la propriété attractive.

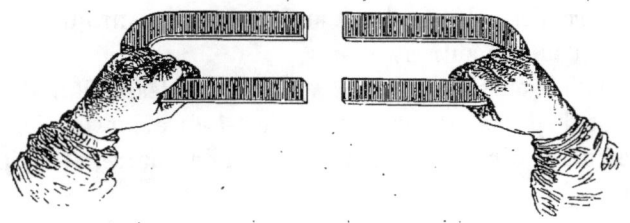

AIMANTS EN FER A CHEVAL.

MOI.

Vous allez comprendre cela. Vous connaissez tous la *boussole* dont l'aiguille se dirige du côté du nord. Cette aiguille, vous le savez déjà, est un AIMANT, et, comme tous les AIMANTS, elle a deux *pôles*. Celui qui se dirige vers le nord se nomme *pôle austral* et celui qui se dirige vers le sud se nomme *pôle boréal*.

PAULIN.

Ah! mon oncle, tu te trompes.

MOI.

Je ne crois pas.

GEORGES.

Si, si, si! tu as confondu les pôles.

MOI.

Je suis sûr de ne pas m'être trompé!

PIERRE.

Voilà qui est singulier! le pôle de l'AIMANT qui se dirige
vers le pôle terrestre boréal est nommé *austral*, et celui qui
se dirige vers le pôle terrestre austral est nommé *boréal*.

MOI.

C'est tout simplement parce que la Terre, ainsi que vous
l'apprendrez plus tard, est un immense AIMANT qui exerce une
action sur les autres AIMANTS.

Quand on suspend deux AIMANTS, au-dessus l'un de l'autre,
ils se disposent inversement; c'est-à-dire que le pôle austral
de l'un se dirige vers le pôle boréal de l'autre, et réciproque-
ment.

Ainsi, retenez bien ce simple fait : dans les AIMANTS, les
pôles de nom contraire s'attirent, les *pôles* de même nom se
repoussent.

PIERRE.

J'en reviens aux POISSONS MAGIQUES. Ils portent sans doute
un AIMANT dissimulé, de façon qu'ils sont attirés par le pôle
contraire et repoussés par le pôle de même nom.

JUVATTE.

Les CANARDS que j'ai mêlés aux poissons sur ce bassin sont
aussi des AIMANTS.

THÉRÈSE.

Les CANARDS se comportent comme les POISSONS. Ils accourent
ou fuient suivant que je leur présente l'un ou l'autre bout.
Pardon, messieurs, je voulais dire : l'un ou l'autre pôle.

GEORGES.

C'est que les CANARDS, portant un AIMANT comme les POIS-
SONS, obéissent nécessairement à la loi que mon oncle vient
d'énoncer.

PIERRE.

Pourquoi tous les AIMANTS qui servent de JOUETS, ou qui sont utilisés dans tant de circonstances, sont-ils recourbés en fer à cheval?

MOI.

C'est facile à comprendre. Puisqu'il s'agit d'attirer le fer, et

CANARD AIMANTÉ.

que chacun des deux pôles possède également la puissance attractive, on double cette puissance en faisant agir simultanément les deux pôles.

THÉRÈSE.

J'ai vu des POISSONS de fer-blanc peint, absolument comme ceux-ci, qui se promenaient dans un bocal, et pourtant personne ne leur présentait d'aimant.

JUVATTE.

Dans ce cas, un petit appareil moteur est dissimulé convenablement.

PIERRE.

C'est alors comme dans le JOUET appelé la PROMENADE DE LA SOURIS? Un AIMANT en fer à cheval, caché dans le socle et qu'on fait tourner en tirant une ficelle, agit à travers le plancher de bois mince.

JUVATTE.

Non. Les POISSONS ÉLECTRIQUES dont parle mademoiselle Thérèse sont mis en mouvement par un petit appareil ÉLECTRO-MAGNÉTIQUE.

PAULIN.

Électro-magnétique! Qu'est-ce que cela veut dire?

MOI.

Mon cher petit garçon, je ne chercherai pas à te faire comprendre cela maintenant. Je me contenterai de dire à tes frères que l'électricité se manifeste autrement qu'avec l'électrophore et les machines électriques.

Par le moyen des PILES, dont vous avez beaucoup entendu parler, on produit des *courants* d'électricité qu'on a utilisés d'une façon merveilleuse.

PIERRE.

Entre autres dans le *télégraphe électrique.*

MOI.

L'un des faits les plus curieux qui ont donné naissance à ce système télégraphique, est celui-ci. Le courant passant dans un fil métallique aimante instantanément un barreau de fer *doux*, c'est-à-dire de fer pur. Donc, en faisant passer un courant électrique autour d'un barreau de fer doux en fer à cheval et en interrompant ce courant à de très courts intervalles, on fait un AIMANT intermittent. Cet AIMANT attire une autre pièce de fer doux qu'un ressort éloigne de l'AIMANT chaque fois que le courant est interrompu. Vous devez comprendre qu'il en résulte un mouvement de va-et-vient qu'un mécanisme transmet et transforme à volonté.

THÉRÈSE.

Je crois qu'il me faudrait posséder plus de science que je n'en ai pour bien comprendre cela.

JUVATTE.

Seulement, mes enfants, comme les PILES ne peuvent être mises entre vos mains sans quelque danger, nous ne construisons guère de JOUETS qui empruntent leur moteur à L'ÉLECTRO-MAGNÉTISME.

PIERRE.

Avez-vous de ces JOUETS ?

JUVATTE.

Certainement. Voici d'abord un TÉLÉGRAPHE ÉLECTRIQUE en miniature dans lequel les PILES sont appliquées.

MOI.

Je ne doute pas que bientôt les PILES, si grandement perfectionnées, ne deviennent d'un usage plus général et d'un emploi plus commode et moins dangereux pour les enfants. On construit déjà de petites PILES hermétiquement fermées qu'on peut mettre dans la poche.

JUVATTE.

Voici maintenant un charmant NAVIRE ÉLECTRIQUE absolument semblable à ceux que vous avez vus fonctionner à l'exposition d'électricité. C'est un JOUET admirablement confectionné, mais d'un prix exorbitant.

THÉRÈSE.

Où est le moteur ?

JUVATTE.

Vous le voyez à l'intérieur du NAVIRE qui porte lui-même sa PILE, sa bobine et son aimant.

GEORGES.

Peut-il ainsi marcher longtemps?.

MOI.

Aussi longtemps que la PILE peut fonctionner. Un bateau de ce genre a navigué quelque temps sur la Seine.

BATEAU ÉLECTRIQUE.

PIERRE.

J'aperçois dans cette vitrine de petites machines tout à fait semblables à celles que j'ai vues dans un cabinet de physique.

JUVATTE.

Ce sont des réductions des grands appareils à l'aide desquels on étudie les propriétés de l'électricité. Ce ne sont pas, à vrai dire, des JOUJOUX. On les met pourtant entre les mains des grands garçons qui peuvent, en s'amusant, se familiariser avec les applications de l'électricité.

Mais voici un véritable JOUET qui produit à peu près les mêmes effets et qui a, pour les enfants, l'avantage d'être plus simple et, pour leurs parents, celui d'être moins coûteux.

GEORGES.

Comment, cette simple plaque de caoutchouc noir remplace

la machine électrique à plateaux de verre tournant entre deux coussins, et à cylindre de cuivre ?

JUVATTE.

Oui. Cette feuille assez mince d'*ébonite*, c'est-à-dire de *caoutchouc durci*, a d'étranges propriétés. Sur l'une des faces, on a collé, comme vous le voyez, une feuille d'étain plus petite.

MOI.

Ce qui constitue un ÉLECTROPHORE de la plus grande simplicité.

THÉRÈSE.

Et qu'est-ce qu'un ÉLECTROPHORE ?

MOI.

On appelle ÉLECTROPHORE (qui porte l'électricité) un appareil sur lequel se développe l'électricité dite STATIQUE.

GEORGES.

A l'aide de quelle machine y développe-t-on cette ÉLECTRICITÉ STATIQUE ?

JUVATTE.

On n'a pour cela qu'à poser la plaque d'ébonite à plat sur une table de bois et à la frotter sur les deux faces avec la paume de la main bien ouverte. Comme ceci.

MOI.

A présent, tenez cet ÉLECTROPHORE de la main gauche et approchez la main droite de la feuille d'étain.

PIERRE.

Il en sort des étincelles comme celles qui jaillissent de la *machine électrique ordinaire*.

GEORGES.

Voilà un moyen très facile et bien commode pour obtenir des étincelles électriques.

JUVATTE.

Maintenant que notre ÉLECTROPHORE est de nouveau chargé d'électricité, je prierai Paulin de poser sur la feuille d'étain ces petites BALLES DE SUREAU.

PAULIN.

Eh bien ! les voilà qui sautent en l'air. Pourquoi donc ?

MOI.

Je vais risquer l'explication la plus simple, celle que vous comprendrez le mieux.

On suppose — ce n'est qu'une supposition, une hypothèse, comme on dit dans les sciences — que les corps, à l'état naturel, possèdent deux électricités qu'on peut séparer dans certaines conditions.

L'une s'appelle ÉLECTRICITÉ POSITIVE et l'autre ÉLECTRICITÉ NÉGATIVE. Lorsqu'elles sont mises en présence, l'électricité positive repousse l'électricité positive, et l'électricité négative repousse l'électricité négative. Au contraire, l'électricité positive attire l'électricité négative, et l'électricité négative attire l'électricité positive.

PIERRE.

Ce que l'on énonce simplement comme dans le cas des AIMANTS, en disant que : les électricités de même nom se repoussent et que les électricités de nom contraire s'attirent.

MOI.

Quand Paulin a posé les BALLES DE SUREAU sur la feuille d'étain, l'électricité dont elle était chargée les a attirées ; car chacune des électricités a la propriété d'attirer les corps légers :

puis, dans le contact, les petites BALLES se sont chargées de la
même électricité que la plaque et, par cela seul qu'elles possé-
daient l'électricité de même nom, elles ont été repoussées
comme vous l'avez vu.

JUVATTE.

Posez maintenant sur la feuille d'étain ce petit PANTIN EN

CARREAU ÉTINCELANT.

MOELLE DE SUREAU, j'isole la plaque d'ébonite en la soulevant
de la table.

GEORGES.

Bon ! le voilà qui est lancé à son tour en cabriolant et en
étendant les bras. Je comprends bien que c'est pour la même
cause.

JUVATTE.

Posez cet autre PANTIN porté par une base qui le rend plus
lourd.

JOUETS D'ENFANTS.   13

PIERRE.

Il ne s'enlève pas comme le précédent, seulement il élève désespérément les bras, lançant au-dessus de sa tête de petits polyèdres de sureau attachés à ses mains et avec lesquels il a l'air de jongler.

PAULIN.

En voilà encore un qui est bien drôle, avec ses bras pendants et ses longs cheveux de soie qui couvrent ses épaules. Il a, comme le second, une base qui l'alourdit.

PIERRE.

Attends pour le poser que j'aie électrisé moi-même la plaque d'ébonite. C'est prêt. Mets-le. Attention ! je vais soulever L'ÉLEC-TROPHORE.

PAULIN.

Oh ! le voilà qui fait les grands bras, et ses cheveux se dressent sur sa tête comme s'il était effrayé.

THÉRÈSE.

Regardez comme sa chevelure hérissée ondule quand je passe ma main au-dessus.

MOI.

Prends cette boîte, Georges ; elle nous procurera quelques soirées instructives et amusantes. Je vois qu'elle contient les accessoires ordinaires de toute machine électrique : une petite *bouteille de Leyde*, des *carreaux étincelants*, un *carillon de Franklin*, un *pistolet de Volta*, des *pantins en moelle de sureau*, et bien d'autres choses encore.

PIERRE.

Merci pour nous tous, car Georges ne sera pas seul à jouir du cadeau.

CHAPITRE IX

LES JOUETS D'OPTIQUE. — OMBRES CHINOISES. — DÉCOUPAGES. — LA LAN
TERNE MAGIQUE. — LE LAMPASCOPE. — LE RÉFLECTROSCOPE. — LE FAN-
TASMASCOPE. — FANTASMAGORIE. — LE KALÉIDOSCOPE. — LE THAUMA-
TROPE. — LE STROBOSCOPE. — LE PHÉNAKISTICOPE. — LE ZOOTROPE.
— LE PRAXINOSCOPE.

JUVATTE.

Continuons notre inspection en jetant un coup d'œil sur les
INSTRUMENTS d'OPTIQUE qui peuvent figurer dans ma collection
de JOUETS.

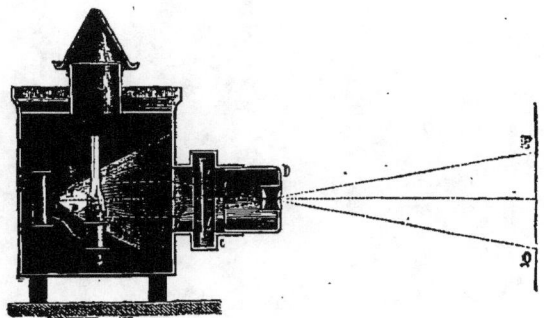

LANTERNE MAGIQUE.

PAULIN.

En voici d'abord un que je connais! C'est une LANTERNE
MAGIQUE. Je ne serai pas fâché de la voir de près, car jamais on
ne m'a permis de l'examiner lors des représentations qu'on
nous a données l'hiver dernier.

PIERRE.

C'était pour ne pas nuire à tes illusions.

MOI.

Aujourd'hui tu éprouveras au contraire un certain plaisir
à te rendre compte des phénomènes qui t'ont charmé.

JUVATTE.

Vous le voyez, la LANTERNE MAGIQUE est une simple boîte de

L'IMAGE SE PROJETTE AGRANDIE AU MILIEU D'UN CERCLE LUMINEUX.

fer-blanc renfermant une lampe dont cette cheminée favoriser
le tirage. Des trous, pratiqués vers le bas, amènent l'air nécessaire à la combustion.

Derrière la lampe, se trouve un réflecteur en métal poli qui
renvoie les rayons lumineux vers une lentille C, plane sur une
face et bombée sur l'autre. Cette lentille plan-convexe oblige
le faisceau de rayons à converger vers une autre lentille bi-
convexe d symétriquement disposée.

Entre la lentille plan-convexe et la lentille bi-convexe, est ménagée une coulisse dans laquelle on introduit les verres peints dont les figures doivent se projeter sur un drap bien blanc tendu contre la paroi d'une chambre rendue obscure.

Supposons donc que nous ayons une grande variété de bons verres convenablement préparés, une lanterne que nous n'avons pas oublié d'allumer...

GEORGES.

Comme le singe d'une fable bien connue.

JUVATTE.

.... Un écran d'une blancheur parfaite, une chambre suffisamment sombre, un public disposé à s'amuser et commençons notre petite représentation.

Suivant la distance à laquelle se trouvent les lentilles qu'on peut éloigner ou rapprocher à volonté, en tirant ou en poussant le tube D, l'image se projettera plus ou moins agrandie au milieu d'un cercle lumineux.

MOI

Il est bien entendu que l'image se formant renversée sur l'écran, il faut glisser dans la coulisse les plaques à l'envers afin que les personnages n'apparaissent pas la tête en bas.

PIERRE.

La LANTERNE MAGIQUE est certainement un des JOUETS les plus amusants que je connaisse et pourtant elle est démodée.

GEORGES.

Ce n'en est plus la mode, elle sent son vieux temps,

dirait Trissotin.

THÉRÈSE.

J'espère que tu es ferré sur tes auteurs!

GEORGES.

Ce n'est pas ma faute, je viens de composer en récitation.

PAULIN.

Est-ce qu'elle est d'origine fort ancienne cette *lanterne?*

MOI.

Cette invention est attribuée au père Kircher, savant jésuite allemand du dix-septième siècle. Peut-être n'a-t-il fait que retrouver, en les perfectionnant, les procédés que les anciens prêtres païens employaient pour terrifier la foule. Quoi qu'il en soit, les magiciens, à diverses époques, s'en sont servis pour exploiter la crédulité des sots ou la superstition des ignorants.

PIERRE.

On conçoit que des esprits faibles ou timorés pussent être frappés de terreur par des apparitions qu'ils considéraient comme surnaturelles.

PAULIN.

Aujourd'hui cela ne nous fait plus peur.

JUVATTE.

Ce JOUET, tel qu'on le trouve dans le commerce, laisse fort à désirer. Pour obtenir un meilleur éclairage, des lentilles plus puissantes, des verres mieux faits, il faudrait en élever considérablement le prix.

PIERRE.

C'est donc bien difficile de fabriquer des verres? Je croyais que nous en pourrions faire nous-mêmes en peinturlurant des plaques de verre à vitres.

THÉRÈSE.

Ce serait un bon exercice et une agréable distraction.

GEORGES.

Pourquoi donc serait-ce si difficile? Nous avons de bonnes couleurs plus fines que celles-ci.

JUVATTE.

Ne vous y trompez pas. Toutes les couleurs ne conviennent pas à ce genre de peinture. On n'y doit employer que des couleurs translucides, bien broyées, délayées avec de l'essence de térébenthine, telles que la gomme-gutte, la laque carminée, le bleu de Prusse, la terre de Sienne brûlée, la terre d'Ombre et le noir de fumée.

THÉRÈSE.

C'est peu varié, je ne vois là-dedans ni vert ni rouge.

JUVATTE.

Les verts s'obtiennent par un mélange de gomme-gutte et de bleu de Prusse; quant au rouge proprement dit qui est opaque, il est absolument écarté. On ne peut obtenir qu'imparfaitement cette couleur en mélangeant dans diverses proportions la gomme-gutte et la laque carminée.

PAULIN.

Pourquoi faut-il n'employer que des couleurs translucides?

PIERRE.

Voilà une question qui n'est pas sagace. Parce que si la lumière ne pouvait les traverser, au lieu d'images coloriées, on n'obtiendrait sur l'écran que des figures noires, des espèces d'ombres chinoises.

PAULIN.

Eh bien ! c'est amusant les OMBRES CHINOISES.

GEORGES.

C'est ça qui est l'enfance de l'art ! Des marionnettes de carton découpé se profilant sur un écran lumineux.

LES DÉCOUPAGES !

THÉRÈSE.

Ne brûlons pas ce que nous avons adoré ; les OMBRES CHINOISES nous ont fait passer de bons moments avec la Tentation de saint Antoine, le Petit Chaperon rouge et autres comédies enfantines.

JUVATTE, offrant à Thérèse des découpages qu'il vient de prendre dans une boîte.

Voyez ces *cartonnages* qui au premier abord vous paraissent informes et capricieusement découpés par une main inintelligente. Ils n'en représentent pas moins un des JOUETS les plus charmants et que l'on peut confectionner soi-même en -y apportant un certain art.

Présentez ces DÉCOUPAGES le soir entre une muraille lisse et une lumière qui n'éclaire pas trop la pièce. Vous serez charmés de voir apparaître sur le mur une *silhouette* en grisaille à teintes fondues, d'un effet singulier et doux comme un dessin à l'estompe. Les parties enlevées donnent les chairs et les clairs, les parties pleines les cheveux, les yeux, la barbe, la coiffure, le vêtement. En rapprochant le DÉCOUPAGE de l'écran, on obtient des images plus nettes, mais plus dures; en le rapprochant trop de la lumière on n'obtient que des images confuses. Après quelques tâtonnements, on arrive à trouver l'harmonie des ombres et des demi-teintes.

THÉRÈSE.

Vous nous fournissez là une charmante idée pour l'emploi de nos soirées d'hiver et nous donnerons des représentations en famille.

PIERRE.

Je pense que l'incident est clos; fermons donc aussi la parenthèse et revenons à la LANTERNE MAGIQUE dont nous étions en train de peindre les verres.

MOI.

Oui, et je voulais encore vous dire que l'artiste doit en les peignant tenir compte du rôle de la lumière de la lampe qui modifie en partie les couleurs qu'elle traverse. Ainsi il faut faire les ciels plus bleus parce que la lumière tend à les verdir ; c'est par la même raison qu'il faut bleuir les arbres et les gazons.

JUVATTE.

De plus, les couleurs, préparées comme je vous l'ai dit, séchant très vite, doivent être posées lestement et à coup sûr : toute retouche est impossible.

THÉRÈSE.

Je vois que la chose n'est pas si facile.

MOI.

Remarquez encore que la correction du dessin importe plus qu'on ne se l'imagine. La moindre imperfection s'exagère sur l'écran et devient une difformité.

PIERRE.

Des artistes novices pourraient pourtant avec du bon vouloir se tirer d'affaire en plaçant sous la lame de verre un modèle qu'ils calqueraient exactement avant de le peindre.

JUVATTE.

On a apporté à la LANTERNE MAGIQUE de nombreux perfectionnements dont quelques-uns sont restés dans le domaine des JOUETS. Ainsi on a imaginé depuis peu d'adapter la LANTERNE MAGIQUE à une lampe ordinaire.

La boîte de fer-blanc est remplacée par un globe de verre opaque auquel on a ajusté le tube portant les lentilles et la coulisse dans laquelle s'introduisent les plaques peintes. Cet appareil, nommé LAMPASCOPE, simplifie considérablement les apprêts.

MOI.

N'a-t-on pas encore simplifié davantage la production des images ?

JUVATTE.

Certainement. Dans le RÉFLECTROSCOPE ce sont les verres qui sont supprimés. Les images : grisailles, chromolithographies, estampes, sont reproduites simplement à l'aide d'un réflecteur.

MOI.

Il me semble que la photographie peut offrir de grandes ressources aux LANTERNES MAGIQUES.

JUVATTE.

Nous n'avons pas manqué d'en profiter. Les épreuves positives obtenues sur albumime nous fournissent des images excellentes, aussi nombreuses que variées.

MOI.

Les améliorations qu'a reçues et que recevra la LANTERNE MAGIQUE seront mises à profit pour l'instruction autant que pour l'amusement des enfants.

Ne pourrait-on remplacer avec avantage les sottes images traditionnelles par des images instructives, intéressantes, qui serviraient de prétexte à des leçons attrayantes ?

JUVATTE.

Vous pensez bien que je me suis mis en règle. Je possède en ce genre des séries complètes à l'usage des jeunes gens qui cherchent à s'instruire en s'amusant.

MOI.

Grâce à la lumière électrique, la LANTERNE MAGIQUE est devenue un *microscope photo-électrique*, utilisé dans les cours scientifiques pour faire des projections très amplifiées de menus objets placés au bout du tube entre deux minces plaques de verre.

THÉRÈSE.

Jusqu'ici ce que nous connaissons de la LANTERNE MAGIQUE

MICROSCOPE PHOTO-ÉLECTRIQUE.

ne nous explique pas les phénomènes curieux dont nous avons été témoins dans des séances de *fantasmagorie*.

JUVATTE.

C'est encore la LANTERNE MAGIQUE qui est employée dans ce cas, mais elle a subi des transformations qui en ont fait un nouvel INSTRUMENT D'OPTIQUE nommé FANTASMASCOPE ou FAN-TASCOPE.

A première vue la boîte du FANTASMASCOPE ne vous paraîtra pas modifiée. Elle est surmontée d'une cheminée servant au

FANTASMASCOPE.

dégagement des produits de la combustion; elle renferme aussi une lampe à réflecteur dont le faisceau lumineux est dirigé dans un tube vers un système de lentilles, mais là s'arrête la similitude.

D'abord les verres ne sont plus introduits entre les lentilles, ils sont présentés dans une coulisse placée derrière la lentille plan-convexe dont la partie plane est tournée vers l'image.

Ensuite le tube qui contient les lentilles diffère de celui de la lanterne magique en ce qu'une manivelle extérieure permet de rapprocher ou de reculer les verres, de diminuer, d'agrandir et même de fermer l'ouverture du tube optique.

MOI.

Les phénomènes fantasmagoriques ne sont pas seulement dus à ces modifications de l'appareil, mais encore à la manière de s'en servir.

Ainsi, dans la LANTERNE MAGIQUE, l'opérateur se tient du côté des spectateurs et projette les images sur un écran blanc, opaque, appliqué au mur.

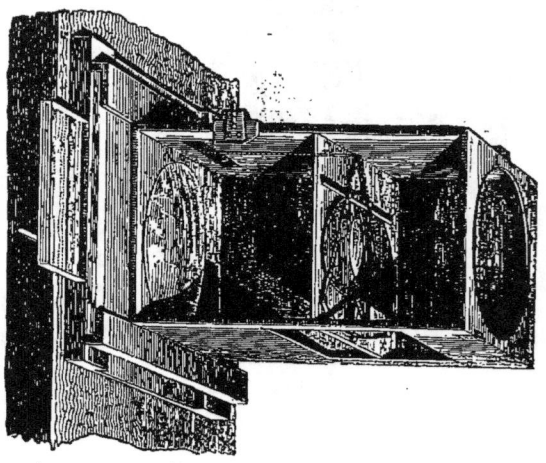

INTÉRIEUR DU FANTASMASCOPE.

Dans la FANTASMAGORIE, l'opérateur et l'appareil sont dissimulés derrière un rideau demi-transparent sur lequel se projettent les images. Les spectateurs tenus dans l'obscurité font face à ce rideau.

Les figures peintes sur verre, se détachant sur un fond complètement noir et opaque, ne se projettent plus sur l'écran au milieu d'un cercle lumineux, ce qui ajoute à l'illusion.

A l'aide de moyens mécaniques très simples, on arrive à faire mouvoir les mâchoires d'un animal féroce, à faire tourner les yeux d'un monstre, à changer les gens en bêtes.

PAULIN.

Changer les gens en bêtes ! ça ne doit pas être le plus difficile. La besogne est souvent plus qu'à moitié faite.

GEORGES.

Parle pour toi.

DOUBLE FANTASMASCOPE SUR SON CHARIOT

JUVATTE.

Pour parvenir au plus haut degré d'illusion dans ces expériences, il faut disposer d'une très grande salle. La seule portion destinée à la manœuvre de l'appareil doit déjà avoir de sept à huit mètres, car le FANTASMASCOPE est posé sur un chariot qui permet de le rapprocher ou de l'éloigner du rideau, suivant que l'on veut rapetisser ou agrandir l'image. Plus on a d'espace pour le recul, plus les projections obtenues sont gigantesques.

THÉRÈSE.

Le bruit des roues de l'appareil doit tout révéler.

PIERRE.

Il est évident qu'elles sont soigneusement graissées et rendues muettes à l'aide de bandes de caoutchouc ou de tout autre corps assourdissant.

JUVATTE.

Le silence absolu derrière la toile est aussi indispensable que l'obscurité du côté des spectateurs.

Lorsque l'opérateur sait habilement marier à la manœuvre de son instrument des bruits sinistres ou épouvantables tels que le crépitement de la grêle, le râlement des mourants, les gémissements des blessés, les rugissements des bêtes féroces, le tumulte des vagues, le roulement du tonnerre, les bruits de la tempête, l'effet devient saisissant. D'autant plus qu'avec un DOUBLE FANTASMASCOPE, il peut projeter sur le rideau un paysage ou un décor en harmonie avec la scène qu'il représente.

THÉRÈSE.

Je crois comprendre maintenant la raison des phénomènes qui m'avaient quelque peu frappée d'épouvante.

PIERRE.

Il faut avouer que tout est combiné pour inspirer la terreur.

GEORGES.

Voyons si j'ai bien compris. Je me fais opérateur à mon tour.

Les assistants, plongés dans une obscurité profonde, n'aperçoivent d'abord sur le rideau qu'une image excessivement petite, presque un point lumineux.

À mesure que je recule le chariot du FANTASMASCOPE en tournant la manivelle qui fait varier le foyer des lentilles, l'image grandit, grandit, grandit, et paraît s'avancer de plus en plus vers la salle. J'entends alors les murmures d'effroi des spectateurs qui s'imaginent que l'être fantastique va se précipiter sur eux.

SCÈNE DE FANTASMAGORIE.

PAULIN.

C'est bien cela. Je me rappelle une fois avoir fait rire tout le monde parce que je me suis sauvé au fond de la salle. J'étais tout petit alors.

THÉRÈSE.

Avec cela que ces images sont toujours des *diables*, des *monstres*, ou la *Mort* avec sa grande faux; il y a de quoi vous faire frémir.

JUVATTE.

Je n'approuve pas du tout le choix des sujets qui ont pour but d'épouvanter les enfants et de leur laisser une impression pénible et fâcheuse.

MOI.

C'est encore à l'aide du FANTASMASCOPE que se produisent les curieux effets du POLYORAMA qui vous ont tant de fois amusés.

THÉRÈSE.

Je me rappelle avoir ainsi assisté dans un bon fauteuil de velours rouge à une éruption du Vésuve.

On apercevait d'abord le cône lançant un léger panache de fumée dans un ciel resplendissant de lumière se mirant dans une mer d'azur. Peu à peu la nuit succédait au jour, la mer moutonnait, le ciel se couvrait de nuages sinistres vers lesquels le cratère en fureur lançait des tourbillons de flammes, tandis que des torrents de lave incandescente s'écoulaient sur les flancs de la montagne.

PAULIN.

Comment cela pouvait-il arriver?

MOI.

Un des appareils portait un verre représentant le volcan pacifique, l'autre le volcan en fureur, et les lanternes étaient disposées de façon à projeter la double image au même point de l'écran.

A l'aide de la manivelle extérieure, l'opérateur ouvrait lentement le second appareil tandis qu'il fermait le premier; les images, se superposant insensiblement, leurs contours se pénétraient et l'horreur de la seconde scène succédait au charme de la première. C'est de cette propriété de produire des scènes successives que l'on a tiré le nom de POLYORAMA, qui signifie plusieurs vues.

PIERRE.

Il faut avouer que ce n'est pas seulement un jeu d'enfants et que ces *scènes polyoramiques* paraissent amuser et intéresser les vieux tout comme les jeunes.

PAULIN, tournant et retournant un kaléidoscope avant de l'appliquer à son œil.

Ah bien ! en voilà encore du polyorama ! Est-ce singulier que les images qu'on voit là-dedans changent toujours ainsi sans qu'on les renouvelle !

GEORGES.

Ce JOUET-là, nous le connaissons assez, c'est le KALÉIDOSCOPE.

PAULIN.

Qu'est-ce qui peut bien produire la régularité de ces rosaces qui varient sans cesse?

JUVATTE.

Les belles choses qu'on voit dans cet instrument sont produites par un pêle-mêle de perles, de petits morceaux de papier de couleur, de brins de plumes, de fragments de passementerie d'or et d'argent. Ces débris en s'entremêlant confusément, en changeant de place au moindre mouvement, donnent des dessins variés et symétriques.

PIERRE.

Cela n'explique pas la régularité des figures.

MOI.

A l'extrémité du tube de carton formant l'enveloppe du JOUET se trouve une espèce de boîte fermée extérieurement par un verre dépoli et intérieurement par un verre transparent. C'est là dedans que sont renfermés les menus objets qui peuvent s'y mouvoir librement.

Dans l'intérieur du tube sont disposés trois miroirs formant un prisme, ou quelquefois tout simplement deux miroirs convenablement inclinés l'un sur l'autre.

Les objets, disposés au hasard dans la boîte de verre, sont reflétés par chacun des miroirs. Les images ainsi produites, renvoyées de miroir en miroir, forment en se multipliant de fort belles rosaces.

IMAGES SYMÉTRIQUES PRODUITES DANS LE KALÉIDOSCOPE.

JUVATTE.

Cet autre JOUET, le MYRIASCOPE, est une variété du KALÉIDOSCOPE. Les images sont fixées sur un fond mobile et ne changent d'aspect que lorsqu'on tourne les petites manivelles placées sur le côté de la boîte.

THÉRÈSE.

Est-ce singulier que les miroirs brisés réfléchissent en rosaces régulières les formes les plus irrégulières, tandis que les miroirs courbes déforment les objets réguliers ! Est-on assez affreux quand on se regarde dans les miroirs cylindriques, creux ou bombés, de la salle d'optique du Conservatoire des Arts et Métiers !

L'IMAGE SE DÉFORME DANS UN MIROIR COURBE.

GEORGES.

Et quand on se mire dans la surface convexe ou concave d'une cuiller d'argent bien polie qui vous renvoie votre image quatre fois plus longue ou plus large !

PAULIN.

Moi, ça m'amuse de me voir si défiguré. J'ai du plaisir à me regarder dans ces grosses boules argentées qu'on met dans les jardins.

PIERRE.

Ma sœur n'est pas de cet avis; elle ne tient pas à paraître laide même un instant.

THÉRÈSE.

N'est-ce pas naturel? Je ne veux pas me faire peur à moi-même.

JUVATTE.

Les miroirs courbes produisent en effet des images déformées, mais, par contre, ils peuvent reproduire l'image régulière d'objets déformés.

On combine dans ce but des dessins et des peintures dont les traits et les couleurs, informes et difformes, ne rappellent en rien l'aspect des choses qu'ils doivent représenter.

GEORGES.

Pouvez-vous nous en montrer?

JUVATTE.

Voici un petit appareil qui est tout à la fois un JOUET et une curiosité scientifique, car on le trouve aussi bien dans les bazars que dans les cabinets de physique.

Voyez sur ce papier une figure peinte qui n'est pour vous qu'un chaos de couleurs et un enchevêtrement de lignes.

PAULIN.

Impossible de deviner quelle chose on a voulu faire.

JUVATTE.

Hé bien! je place au centre de l'image ce petit miroir cylindrique dans lequel je vous engage à la regarder. Qu'y voyez-vous?

PIERRE.

Nous voyons se refléter dans le miroir un charmant petit personnage de la comédie italienne qui danse avec accompagnement de guitare.

ANAMORPHOSE.

THÉRÈSE.

C'est bien gentil.

GEORGES.

Qui aurait imaginé cela !

PAULIN.

Les gens fort laids devraient n'avoir chez eux que de ces miroirs-là qui les embelliraient en enlaidissant les autres.

PIERRE.

Il a fallu être bien habile pour arriver à cette combinaison de lignes bizarres et confuses qui donnent un tel résultat.

MOI.

Moins que tu ne le crois. On a tout bonnement peint, ou collé, sur un cylindre pareil, le personnage tel que vous le voyez dans le miroir, puis on a placé ce cylindre sur un miroir plan où l'on a dessiné l'image qui s'y reflétait et enfin on a transporté cette image informe sur le papier.

PIERRE.

Et naturellement les lois de la réflexion, appliquées rigoureusement dans les deux cas, ont produit les images que nous avons observées.

MOI.

On donne à ce bouleversement des figures le nom d'ANAMORPHOSE qui signifie transposition de formes.

PAULIN.

C'est toujours très drôle que des miroirs montrent d'autres images que celles qu'on leur présente.

JUVATTE.

Il n'y a pas que les miroirs qui nous fassent voir les choses autrement qu'elles ne sont. Une loi de l'optique, fort curieuse aussi, nous montre même des choses qui ne sont pas. Un JOUET des plus simples, le THAUMATROPE, va nous faire assister à cette petite merveille.

THÉRÈSE.

Décidément nous sommes en pleine magie.

GEORGES.

Quoi! ces deux ronds de carton dont l'un porte le dessin d'une cage et l'autre celui d'un oiseau vont nous présenter un spectacle curieux?

JUVATTE.

Superposons les deux disques de carton de manière que les deux dessins soient sur les faces visibles et que l'oiseau ait la

LE THAUMATROPE.

tête en bas, en ayant soin que les cordelettes enfilées à droite et à gauche se correspondent. Bon!

Prenez maintenant les cordelettes entre le pouce et l'index de chaque main et imprimez à ces disques un mouvement de rotation rapide.

PAULIN, étourdiment.

Vous avez escamoté les premiers cartons et vous les avez remplacés par un autre où l'oiseau se trouve en cage.

JUVATTE.

Vous croyez? (Arrêtant le mouvement des disques que Georges faisait tourner.) Que dites-vous de cela?

GEORGES.

C'est incroyable! voilà l'oiseau d'un côté et la cage de l'autre. Je n'y comprends rien.

PIERRE.

Comment expliquer cette illusion de l'oiseau dans la cage?

MOI.

Par la persistance des impressions que laissent dans notre œil les rayons lumineux, impressions qui subsistent pendant environ huit secondes.

Comme il faut moins de temps pour que le THAUMATROPE ait fait un tour, l'impression donnée par la cage n'est pas effacée lorsque l'image de l'oiseau vient se peindre sur la rétine. Les deux objets vus à la fois, se superposent en apparence et donnent l'illusion qui vous étonne.

JUVATTE.

Vous concevez qu'on peut varier de mille manières les effets produits; par exemple, en dessinant d'un côté le corps et les jambes d'un homme, sa tête et ses bras de l'autre; ou encore une souris et une souricière, un cheval et son cavalier.

La rotation remettra les membres épars de l'homme à leur place. La souris sera prise dans la souricière, le cavalier se retrouvera en selle.

Le THAUMATROPE nous amène au STROBOSCOPE et au PHÉNAKIS-TICOPE qui reposent sur le même principe.

MOI.

Ces JOUETS ingénieux animent, font vivre de petits personnages qui n'existent pourtant qu'en peinture.

Le STROBOSCOPE est un disque de carton partagé en secteurs dans chacun desquels on a représenté les attitudes successives que prendraient de vrais personnages dans la scène animée qu'on a voulu reproduire.

Sur le pourtour du disque on a percé des ouvertures régulières correspondant à chaque secteur; le disque, tout noir à l'envers, se fixe sur l'axe $a\,b$ de la monture, tout contre la plaque *p*, à l'aide de la vis *a*, les dessins tournés du côté de cette vis.

JUVATTE, à Thérèse.

Placez-vous devant cette glace en tenant le JOUET de la main

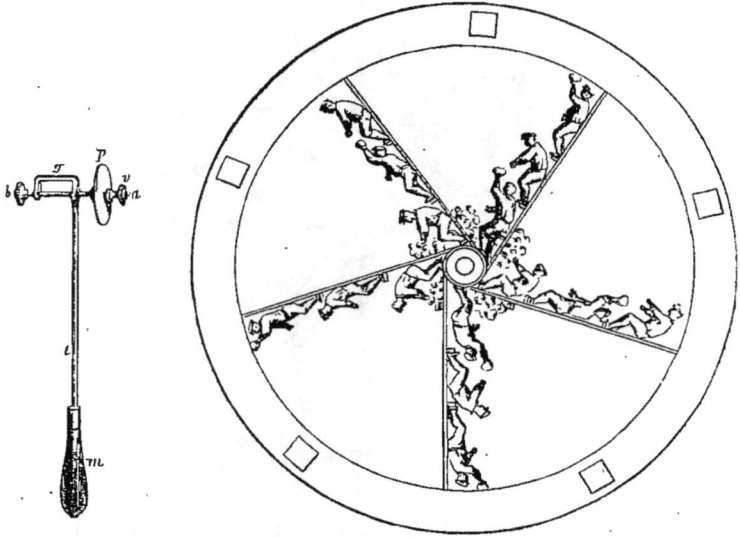

MONTURE
DU STROBOSCOPE.

LE STROBOSCOPE.

gauche par le manche. Faites tourner le bouton *b* avec la main droite. Maintenez votre œil à la hauteur de l'un des trous rectangulaires percés dans le bord du disque et dites-nous ce que vous voyez.

THÉRÈSE.

Je vois trois maçons actifs, étagés sur une échelle, se passant de main en main les moellons qu'ils reçoivent d'en bas. L'illusion est étrange.

PAULIN, cherchant à s'emparer du stroboscope.

Voyons, voyons. Oh ! laisse-moi voir.

JUVATTE.

Tenez, voici un JOUET d'une construction un peu différente qui produit le même résultat sans le secours d'une glace. C'est le PHÉNAKISTICOPE.

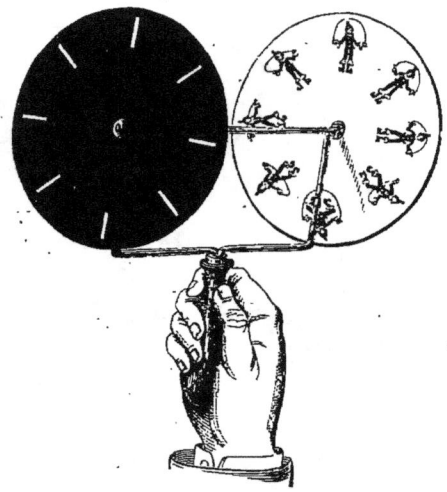

LE PHÉNAKISTICOPE.

L'appareil se compose de deux disques de carton placés symétriquement aux deux extrémités d'un même axe supporté par un manche.

Sur le disque de carton blanc, sont peints huit polichinelles sautant à la corde dans des attitudes prises successivement pour un tour entier de la corde.

Le disque de carton noir est percé dans son contour de huit fentes étroites dirigées suivant le rayon du cercle.

Tenez l'appareil de la main gauche; de la main droite, faites tourner rapidement les disques. Regardez les polichinelles par une des fentes du disque noir et rendez-nous à votre tour compte de vos impressions.

PAULIN, avec animation.

Ils sautent! ils sautent! vont-ils vite!

GEORGES, regardant dans la glace avec le stroboscope.

C'est merveilleux. Ces ouvriers travaillent consciencieusement

PIERRE.

Et l'explication est toujours la même ? Ces illusions sont toujours produites par la persistance des impressions que laissent dans notre œil les rayons lumineux ?

MOI.

Toujours. L'impression lumineuse reçue au passage de chaque image dure assez de temps pour que l'image suivante paraisse lui succéder sans intervalle. De sorte que les images qui se suivent avec une légère modification de l'acte accompli donnent la sensation du mouvement du personnage.

JUVATTE.

Le même phénomène se renouvelle dans d'autres JOUETS qui ne sont que des modifications de celui-ci.

Par exemple ce ZOOTROPE est une boîte cylindrique percée de petites meurtrières également distancées qui permettent de voir à l'intérieur.

Ce cylindre, monté sur un pied stable, pivote facilement autour d'une axe verticale.

On dispose circulairement dans le Zootrope une bande de papier sur laquelle est représentée la suite des attitudes prises pour accomplir le mouvement proposé.

En plaçant dans le Zootrope une bande de papier où sont figurées les onze allures principales d'un cheval au galop, on peut, pendant la rotation, apercevoir le cheval poursuivant son galop le plus correctement du monde.

PIERRE.

Le ZOOTROPE a sur le PHÉNAKISTICOPE l'avantage de permettre à plusieurs personnes de jouir à la fois du même spectacle.

GEORGES.

Puis on n'a pas la peine de le tenir à la main et les images sont plus faciles à changer.

JUVATTE.

Vous serez encore plus satisfaits d'un nouveau JOUET perfectionné qui procède à la fois du PHÉNAKISTICOPE et du ZOOTROPE. L'inventeur l'a baptisé du nom de PRAXINOSCOPE, qui signifie voir une action.

Il n'est plus nécessaire d'avoir l'œil braqué à la hauteur des fentes qui se succèdent plus ou moins rapidement ; toutes les personnes placées autour de la table qui porte le JOUET assistent au spectacle.

Comme dans le ZOOTROPE, on applique contre la paroi intérieure du cylindre creux, la bande de papier-carton sur laquelle est peinte la série des attitudes dont se compose le mouvement.

Au centre est fixé à demeure un prisme à douze faces dont chacune est un miroir encadré. Le cylindre qui pivote aussi autour d'un axe vertical est mis en mouvement par une manivelle.

Il suffit de faire face à l'un des miroirs pour y voir le personnage s'animer comme dans les JOUETS que nous venons d'examiner.

Le soir on peut éclairer la scène, en allumant une bougie munie d'un abat-jour qu'on pose sur la plate-forme du prisme.

Dans le PRAXINOSCOPE-THÉATRE, le spectateur, regardant des deux yeux par une ouverture rectangulaire pratiquée dans le couvercle de la boîte maintenu ouvert verticalement, voit en relief l'image animée s'ébattre au milieu d'un décor immobile se réfléchissant sur une glace sans tain. Ce perfectionnement, des plus heureux, ajoute encore à l'illusion.

PIERRE.

Dans le STÉRÉOSCOPE, on voit aussi les images en relief.

MOI.

Ici le phénomène du relief se produit dans toute autre condition, il ne dépend nullement du même principe scientifique.

Si nous voulions vous parler de tous les INSTRUMENTS D'OPTIQUE qui donnent naissance aux illusions dont nos yeux peuvent être dupes, cela nous entraînerait trop loin et vous ne pourriez plus nous suivre.

Je crois que nous ferons mieux de passer outre et de venir une autre fois demander à notre cicerone la reprise de ses explications.

THÉRÈSE.

Il y a donc encore d'autres JOUETS que ceux que nous avons vus ?

JUVATTE.

D'autres JOUETS! mais je ne vous ai encore montré qu'une partie de mes richesses.

PIERRE.

Nous avons vu plus de JOUETS d'appartement que de JOUETS de jardin.

GEORGES.

Plus de JOUETS scientifiques que de ceux qui développent la force et l'adresse.

PAULIN.

Que de JOUETS inventés par des savants! Je n'aurais jamais cru qu'ils pussent penser à des choses si futiles.

THÉRÈSE.

Les JOUETS ne sont plus des choses futiles quand ils nous instruisent en nous divertissant, en nous enseignant ce que nous ne pourrions comprendre et apprendre autrement sans fatigue et sans peine.

JUVATTE.

Mademoiselle Thérèse a raison : l'éducation par les JOUETS peut être aussi profitable qu'attrayante. Une grosse encyclopédie en apprendrait moins aux enfants que mes Joujoux. Ils enseignent expérimentalement la gymnastique, les sciences et les arts, car j'ai toujours recherché l'utile dans l'agréable et l'agréable dans l'utile.

MOI.

Et vous avez en cela imité les anciens Grecs et Romains nos maîtres en beaucoup de choses. Leurs Jeux et leurs JOUETS concouraient à l'éducation corporelle ou intellectuelle. Mais je vous fais grâce de mon érudition et je ne vous parlerai pas des Jeux renouvelés des Grecs. Je me borne à faire des vœux pour que nos JOUETS soient toujours aussi utiles qu'amusants.

FIN

Meticret.

Imprimeries réunies B, rue Mignon, 2.

PARIS. — IMPRIMERIE EMILE MARTINET, RUE MIGNON, 2

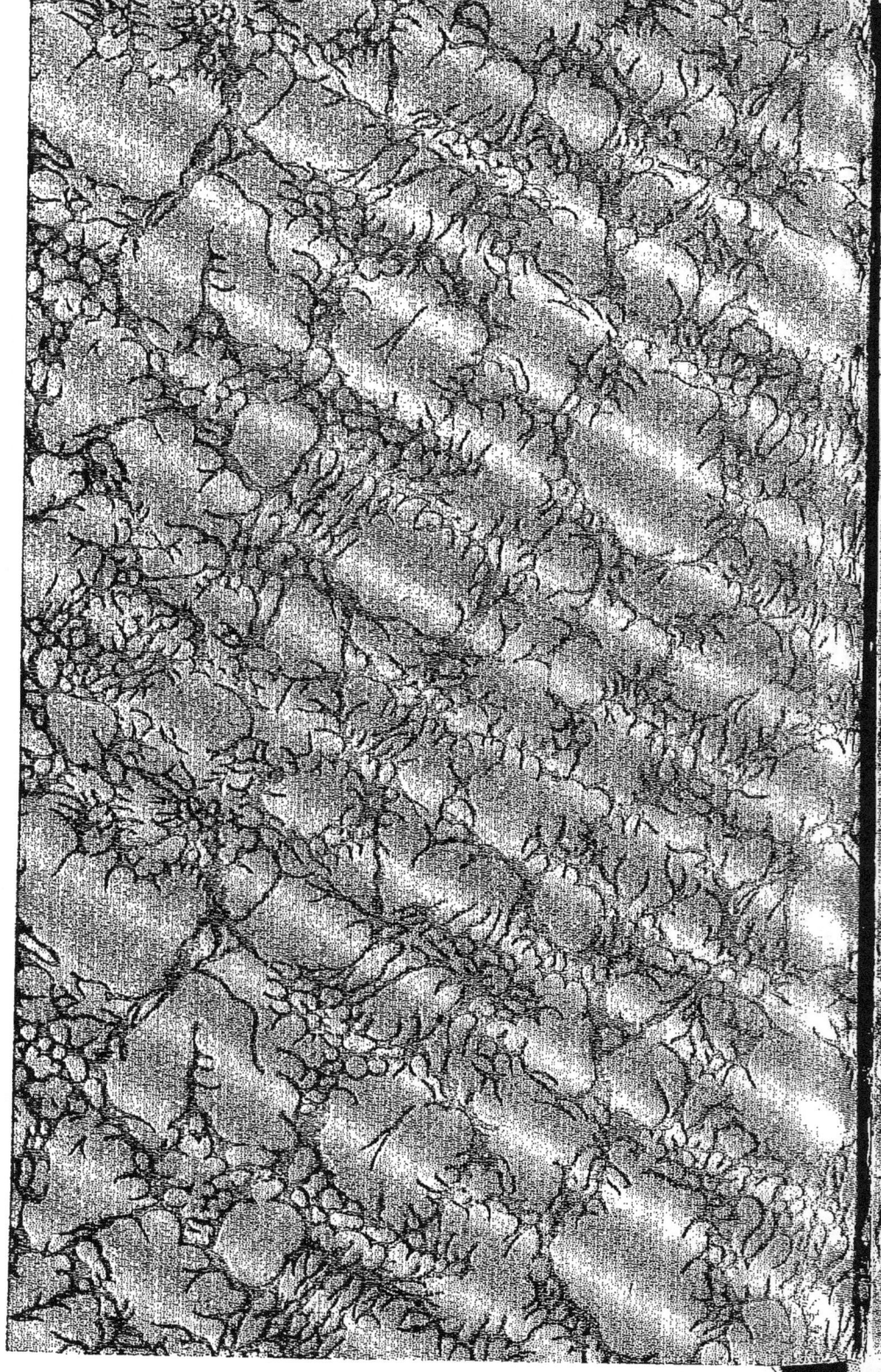

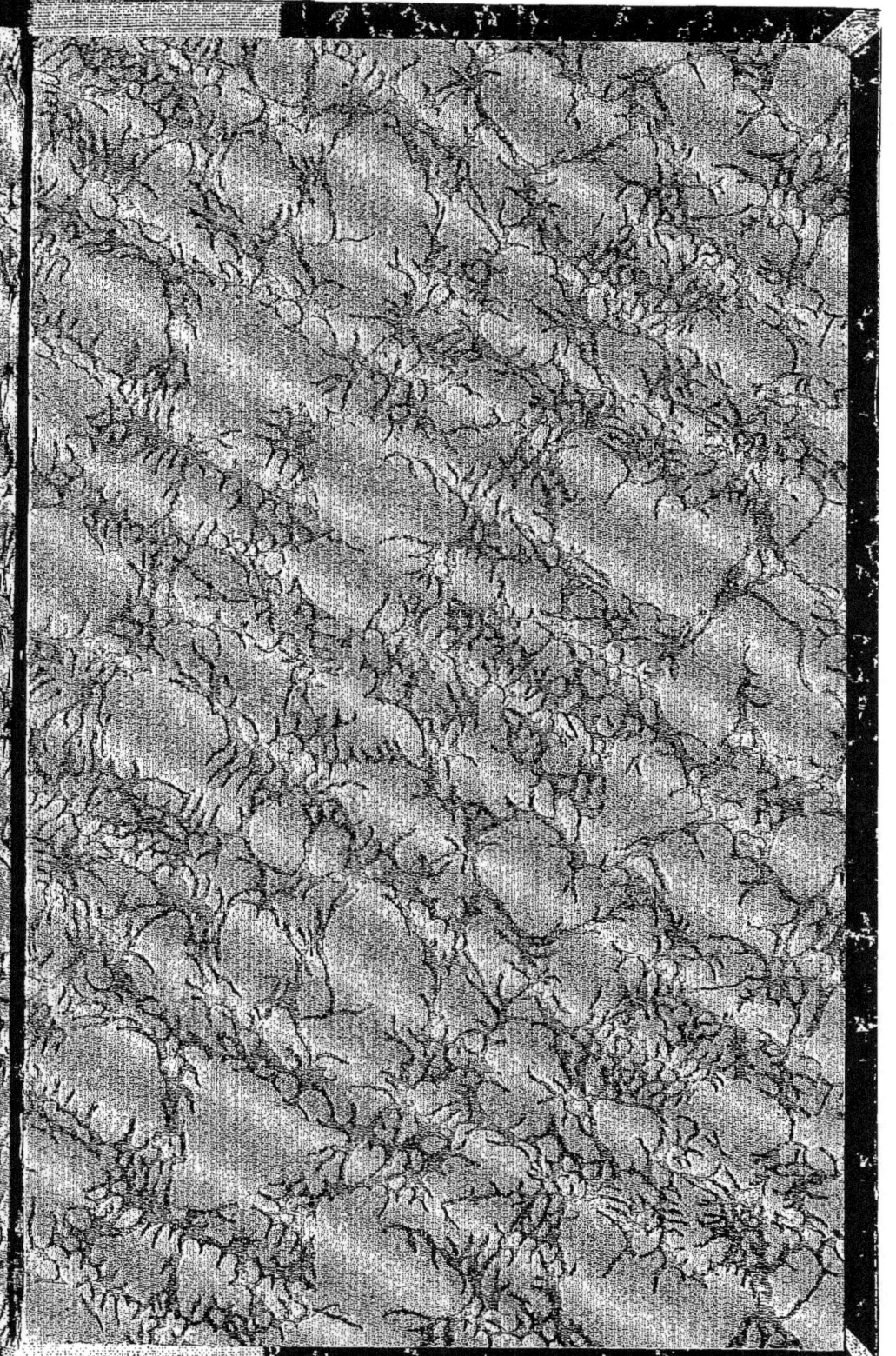

www.ingramcontent.com/pod-product-compliance
Lightning Source LLC
Chambersburg PA
CBHW061446030726
47503CB00005B/1583